KB119391

날,

자꾸만
무뎌지는
나를
위해

강레오 지음

나만의
시그니처 디시를
위하여

하얀 유니폼을 입고 많은 사람들 앞에서 능숙하게 요리 시연을 하는 어느 서양인 요리사. 호텔 주방에서 일하던 열아홉 살의 나는 그 모습에 깊은 인상을 받았다. 그때 다짐했다. 나도 언젠가는 저 사람처럼 요리로 존경받는 사람이 되리라.

그 뒤로 내 삶은 꿈을 이루기 위한 발걸음으로 채워졌다. 런던이라는 낯선 도시로 무작정 날아갔을 때도, 그 도시의 레스토랑 주방에서 하루 열여덟 시간씩 일할 때도, 우리나라로 돌아와 다시 시작하는 마음으로 한식 공부에 내 모든 걸 바치면서도, 내 꿈을 잠시도 잊어본 적이 없다.

세월이 흘러 나는 열아홉 살 때 동경했던 그 요리사처럼 정말로 사람들 앞에서 요리를 선보이는 사람이 되었다. 소매를 걷고 도마에서 칼질을 하고 있으면 내 앞으로 여러 대의 카메라가 돌아간다. 그런 일에 어느덧 익숙해져갔다.

예전에는 인생을 숙제라고 생각하며 살았다. 20대를 어떻게 보내느냐에 따라 30대의 삶이 달라지고, 30대를 어떻게 사느냐에 따라 40대의 삶이 달라질 거라 생각했다. 그래서 숙제가 밀리지 않게 하려고, 오히려 당겨서 해치우려고 온 힘을 쏟았다. 20대가 끝날 무렵엔 30대에 해야 할 숙제까지 반 이상 해놓은 줄 알고 잠시 우쭐할 뻔했다.

하지만 꿈꿨던 모습을 이루고 나서야 깨달았다. 나의 본격적인 요리 인생은 이제 겨우 시작되었을 뿐임을. 그러자 비로소 더 큰 것들을 고민하기 시작했다. 내 요리에 무엇을 담아낼 것인지를.

우리나라 사람들은 보통 일식이냐 중식이냐, 이탈리아 음식이냐 프랑스 음식이냐 정도로 음식과 식당을 구분하곤 한다. 하지만 이 요리가 이탈리아식이냐 프랑스식이냐 하는 건 서양 요리 본고장에서는 큰 의미가 없다.

음식의 국적보다 중요한 것은 누구도 흉내 낼 수 없는 그 요리사만의 개성과 장인 정신을 접시 위에 담아내는 것이다. '어느 나라 요리냐'가 아니라 '누구의 요리냐'다. 맛은 물론이고 접시에 놓인 모양만 봐도 누가 만든 요리인지 알 수 있는 하나의 작품. 서양 요리에서는 그것을 '시그니처 디시'라고 한다. 자신만의 시그니처 디시를 창조할 수 있을 때 요리사는 음식을 만드는 경지를 넘어 한 사람의 예술가가 된다.

나 역시 언젠가는 나만의 시그니처 디시를 만들고 싶다. 나의 인생과 생각을 담아낸, 그래서 누가 봐도 '강레오의 요리'라는 걸 알 수 있는 요리를. 하지만 성급하게 뭔가를 내보이기 전에 내 안에서 충분히 숙성시킬 것이다. 오늘보다 내일 더 나은 요리를 만들기 위해 게으름 피우지 않을 것이다.

예전에는 한식 요리사는 대부분이 여성이었다. 호텔 주방장은 남자, 한식 요리사는 여자 하는 식으로 나뉘는 경우가 많았다. 하지만 조선 시대로 거슬러 올라가면 궁궐에 남자 요리사가 있었다. '숙수' 또는 '대령숙수'라 불리던 그들은 궁중에서 진연이나 큰 잔치가 있을 때 임금이 드실 음식을 만들고 주방을 총괄하던 남자 요리사였다. 그 옛날의 대령숙수처럼, 나는 지금까지보다 더 훌륭하고 더 새로운 나만의 한식 요리들을 끊임없이 창조하고 싶다.

어릴 적 동네 강가에서 멱 감고 놀던 시절부터 나는 헤엄치는 걸 참 좋아했다. 지금도 여행은 주로 바닷가나 수영장이 있는 곳으로 간다. 그 지역만의 독특한 음식이 있고, 수영을 할 수 있는 곳이라면 어디든 훌쩍 떠나곤 한다. 물에 들어갔을 때 살갗에서 물이 미끄러져가는 느낌, 그러다 어느 순간 내 몸과 물이 하나가 되는 듯한 그 느낌을 좋아한다. 수상스키나 웨이크보드처럼 안간힘을 쓰며 물을 거스르는 스포츠보다는, 내 몸이 물과 하나가 되어 자연스럽게 흘러가는 느낌이 좋다. 거스르지 않고 물결에 몸을 맡기듯 내 삶도 인생의 물결에 싣고 유유히 흘러가고 싶다. 그리하여 죽는 날까지 요리사로 살고 싶다.

사람들은 선불리 '성공'이라는 표현을 쓴다. 얼굴이 조금 알려졌다는 이유로, 돈을 조금 벌었다는 이유로 성공했다고들 한다. 그런데 나는 잘 모르겠다. '성공한 요리사'라는 게 뭘 의미하는 것인지.
단 한 번도 나 자신을 성공한 사람이라고 생각해보지 않았다. 내 요리가 완벽의 경지를 향해 나아가고 내 삶이 지금보다 활짝 피어나기를 바라는 마음으로 오늘도 한 걸음씩 노력하고 있을 뿐, 아직 아무것도 이루지 못했기 때문이다.
어떤 일을 하건 50년은 해봐야 뭘 이뤘고 못 이뤘는지에 대해 이야기할 수 있지 않을까? 내 요리 인생을 최소 50년으로 가정하면, 이제 겨우 21년을 했으니 앞으로 갈 길이 아직 30년은 남았다. 어제보다 오늘, 오늘보다 내일 더 완벽해지기 위해 꾸준히 노력할 30년을 생각하면, 처음 미지의 세계를 꿈꿨던 열아홉의 나만큼이나 설레는 기분이다.

요리 서바이벌 프로그램 심사위원이 되어 참가자들의 요리에 대해 다소 직설적인 이야기를 할 때, 간혹 접시 위의 음식을 쓰레기통에 버리거나 입에서 뱉어내는 제스처를 취할 때, 사람들은 독설이라는 이미지로 나를 바라보기도 했다. 하지만 내 입에서 나간 매서운 말 한 마디가 어떤 의미였는지를 누군가는 알아들으리라 믿었다. 당신의 열정을 믿는다는, 더 잘 할 수 있는 사람이라는 걸 안다는 그 속뜻을, 정말로 요리에 열정이 있는 사람이라면 이해했으리라.

다만 방송에서의 한두 마디로는 미처 전달하지 못했던 속이야기들은 여전히 내 안에 남아 있었다. 그 이야기들을 이제 책이라는 매체에 담아보고자 한다. 요리에 대한 진심을 읽기 위해 참가자의 두 눈을 지그시 쳐다보던 나처럼, 누군가는 나의 진심을 읽어낼 수 있을 거라 믿기에.

2015년 5월
강레오

contents

His style

His signature

Part 01

His story

His story

진지, 드셨습니까?

대체 이 세상에서 참으로 기쁨을 주는 것이 몇 가지나 될까,
손꼽아 헤어 보니 확실히 첫손가락으로 꼽는 것은 음식이다.
그러므로 집에서 언제 식사하는지 안 하는지를 알아보는 것은
사람의 현우를 알 수 있는 확실한 시험이다.
_린위탕

1997년 처음 런던에 도착했을 때가 스물두 살이었다. 우선 유학원에서 알선해준 곳에서 홈스테이를 하게 되었다. 퍼트니 브리지 근처의 가정집이었는데, 부부와 딸 둘 이렇게 네 식구가 사는 평범한 영국 가정이었다.

그 집에 머무는 사람들은 대부분 20대 초반의 외국 유학생들이었고 한국인은 나밖에 없었다. 얼마 뒤에 더 값싼 셰어하우스로 옮겼기 때문에 이 집에 머문 기간은 한 달 남짓이었지만, 먼 나라에서 와서 영어도 잘 못하는 나를 영국인 주인 내외는 참 친절하게 챙겨주었다.

저녁이 되면 주인집 딸이 내 방문을 똑똑 두드렸다. 그리고 이렇게 말했다.

"Supper is ready(저녁 식사 준비됐어요)."

저녁 식사를 뜻하는 영어 단어로는 '디너dinner'도 있고 '서퍼supper'도 있는데, 좀 더 격식을 갖춰 잘 차려 먹는 저녁 정찬을 말할 때 영국인들은 주로 서퍼라고 한다. 홈스테이 하는 아이들에게 차려주는 저녁 한 끼에도 서퍼라는 단어를 쓸 만큼 그들은 식구들과 둘러앉아 먹는 저녁 식사의 의미를 중요시했다.

그런데 요즘 우리나라 사람들이 밥 먹는 모습을 보면, 내가 유학 시절 런던 홈스테이 집에서 먹었던 '서퍼'와는 정반대 의미인 '끼니 때우기'를 하고 있는 것 같다. 라면이나 햄버거로 겨우 한 끼 '때우고' 급하게 학원으로 달려가는 어린 학생들, 퇴근 후 식사가 아닌 안주를 시켜놓고 술로 저녁을 '때우는' 직장인들, 그것도 모자라 집이 아닌 엉뚱한 곳에서 '집밥'을 찾으며 외로움을 호소하는 젊은이들…….

나는 이 '한 끼 때우다'라는 말을 아주 싫어한다. 그리고 이 말보다 더 싫은 말이 있다. "한 숟갈만 먹고 가." 요즘 엄마들이 아이들에게 흔히 하는 말이다. 한 끼를 겨우 때우기만 하는 것도 불쌍한데, 한 끼도 아닌 한 숟가락조차 제대로 먹지 못하고 사는 세상이라니. 저녁 식사만을 할 수 있는 식당이나 레스토랑이 갈수록 장사가 안 되는 것도 사람들이 식사 자체를 소홀히 여기는 것과 무관하지 않다. 저녁에 술을 마시면서 '식사는 안주로 때우지 뭐' 하고 생각하는 이들이 많기 때문이다.

⌣

식사하는 표현에는 여러 단계가 있다. '밥'은 '먹는다'고 하고, '식사'는 '한다'고 하며, '진지'는 '드신다'거나 '잡숫는다'고 한다. 각각 조응되는 말들이기 때문에 '밥 드셨어요?'라고 하지 않고, '식사 잡수셨어요?'라고 하지 않으며, '진지 먹었어요?'라고 하지 않는다. 그리고 '수라'를 차려 낼 때는 '올린다'고 표현한다. 수라는 딱 한 사람, 즉 오로지 임금에게만 쓸 수 있는 가장 높은 존칭이었다. 임금의 어머니에게도 쓸 수 없었다. 임금 외의 사람들에게는 어머니건 부인이건 왕자건 '진지'라고 했다. 높은 벼슬아치나 양반댁 대감마님이 들던 것도 진지다.

이처럼 원래는 신분에 따라 쓰는 말이 달랐는데, 오늘날에는 연장자와 노인에게 높임말을 할 때 보통 '진지'라는 표현을 쓴다. 그런데 공경의 의미에서 존칭어로 쓰는 진지라는 말을, 언어가 아닌 음식의 측면에서 한번 바라보자. 음식을 먹는 행위의 측면에서 볼 때 진지란, 아무 밥이나 먹는 게 아니라 '좋은 재료로 잘 차려 먹는 것'을 뜻한다. 어떤 수준의 음식을 어떤 마음가짐으로 차려 먹었느냐에 따라 오늘 먹은 밥이 진짓상이었는지 그보다 낮은 식사였는지가 구분된다.

음식 먹는 행위를 표현하는 말 가운데 가장 낮은 말이 바로 '끼니'다. 뱃속을 채워서 굶주림을 면하게 하는 것. 어쩌면 사람도 아니고 가축에게나 쓰는 말. 그래서 끼니를 때운다는 건 식사라고 할수도 없다. 그런데 요즘 사람들이 대부분 먹는 것이 바로 이 끼니다. 바쁘니까 대충 때우고, 더 바쁘면 그마저도 건너뛰며 산다. 먹을거리는 많아졌을지 모르지만 음식을 먹는 행위와 가치관은 배고픈 시절보다 더 빈곤해지고 더 허접해진 것만 같다.

음식을 잘 먹는다는 것은 삶의 가치에 관한 문제다. 무조건 비싸게 과하게 많이 차려 먹어야 한다는 뜻이 아니라, 반찬 하나를 놓고 먹더라도, 그리고 여럿이 아닌 혼자 먹더라도, 먹는 행위에 어떤 가치를 두고 먹느냐가 중요하다는 얘기다.

음식 먹는 행위를 소홀히 할 때 인간은 공허해진다. 그리고 외로워진다. 가족이 해체되고 출산율이 세계 최저 수준이 되고 1인 가구가 늘어나는 것보다 더 큰 문제는, 혼자서는 뭘 어떻게 먹어야할지를 많은 이들이 알지 못한다는 점이다. 그리고 그보다 더 큰문제가 있다. 바로 사람들이 음식을 제대로 먹는 법을 잊어버렸다는 사실이다.

그래서 생긴 트렌드 가운데 '집밥'이라는 게 있다. 집밥의 정체가 정확히 뭔지, 솔직히 난 아직도 잘 모르겠다. 사람마다 자란 환경이 다르고 집도 다르고 엄마가 해준 음식 맛도 다른데 어떻게 모든 사람의 집밥이 같을 수 있을까? 그보다 더 아이러니한 것은, 집밥을 먹고 싶다고 하면서 집에서 밥을 해서 먹는 것이 아니라 집밥 스타일의 식사를 파는 식당을 찾아 헤맨다는 거다. 그나마 그런 식당도 혼자 갈 엄두를 내지 못하고 친구든 직장 동료든 여럿이 함께 간다.

이건 결국 음식의 문제가 아니라 마음의 문제다. '집밥'이라는 타이틀을 내건 식당에서 '집밥'이라 이름 붙인 음식을 먹고 싶은 마음, 그나마 하도 외로운 나머지 다른 사람들과 모여 앉아 같이 먹어야만 하는 공허한 마음이다. 그 정도로 외로워질 때까지 삶이 방치되었다는 뜻이다. 음식의 가치를, 식사의 의미를 중요하게 생각하고 살았다면 굳이 집밥을 찾아 헤맬 정도로 외로워지진 않았을 것이다.

과거 식량이 부족해 먹고살기 힘들었던 시절에 비하면 먹을거리는 정말 풍족해진 시대가 됐다. 하지만 아무리 먹을거리가 풍족해졌다 한들, 음식을 먹는 행위에 대한 가치가 오히려 옛날보다 낮아지고 소홀해졌는데 어떻게 음식 문화를 이야기하고 우리 음식의 세계화를 부르짖을 수 있겠는가? 정작 우리나라 사람들은 한식은커녕 '밥 한 숟갈 입에 넣기'도 바쁜데? 밥과 반찬 몇 가지 놓고 먹는 집밥을 그리워할 정도로 밥 자체를 안 먹고 살면서, 한국 사람도 안 먹는 한식을 외국 사람들더러 먹으라며 한식의 세계화를 외치고 있다. 외국인들 먹일 메뉴를 고민할 때가 아니라 우리가 잘 먹고 잘 살 방법부터 고민하는 것이 순서 아닐까.

그러기 위해서는 당장 개선하고 개발해야 할 것들이 많다. 보다 다양한 요리법을 보급하고, 좋은 재료로 만든 다양한 한식 조리용 소스도 개발하고, 그리하여 한식은 번거롭고 손이 많이 가는 음식이 아니라 간단하고 쉽고 재미나게 먹을 수 있는 음식이라는 인식을 심어줄 필요가 있다. 우리 입으로 들어갈 밥상의 질을 높일 수 있도록, 그래서 한식을 차려 먹는 게 귀찮은 일이 아니라 당연한 일, 일상적인 일, 그리고 근사한 일이 될 수 있도록.

직업이 요리사인 사람은 집에서도 뭔가 근사한 요리를 해먹을 거라 생각할지 모르겠다. 하지만 실상은 그 반대다. 요리사들 중에는 집에서 요리를 거의 안 하는 사람이 꽤 많다.

내 경우엔 뭔가 거창한 요리를 하기보다는 그날그날 냉장고에 있는 것만으로 간단하게 차려 먹곤 한다. 현미, 보리, 렌틸콩, 퀴노아 등을 섞은 잡곡밥을 좋아하고, 잡곡밥보다 더 좋아하는 게 감자다. 그래서 밥 대신 감자나 고구마를 굽거나 쪄서 먹는다. 반찬도 나물 한두 가지만 내놓고, 고기가 있으면 구워서 삶은 감자에 곁들여 먹을 뿐이다. 두부가 있으면 물기 빼서 팬에 구워 소금, 후추만 뿌려서 두부 스테이크처럼 먹는다. 채소를 살짝 데쳐 볶아 곁들이거나, 톳을 데쳐서 얹고 올리브유만 살짝 뿌리기도 한다. 가짓수는 많지 않지만 이런 간단한 재료만으로도 충분히 만족스러운 식사를 할 수 있다.

부모가 뭘 먹느냐에 따라 아이가 먹는 음식의 수준도 달라진다. 진짓상을 차려 먹을 줄 아는 부모 밑에서 자란 아이는 커서도 끼니가 아닌 진지를 들 테고, 끼니만 때우고 사는 부모 밑에서 자란 아이는 커서도 끼니를 때울 줄밖에 모를 것이다. 자신이 먹은 게 진지인지 식사인지 끼니인지를 알아야 음식의 가치를 구분할 수 있는 사람이 된다. 인간답게 살려면 수랏상까지는 아니어도 최소한 진짓상 수준의 음식은 먹고 살아야 하지 않을까. 그러니 스스로의 삶을 돌아보고 스스로에게 이렇게 한번 물어보자.

"진지는 드셔보셨는지요?"

뭐가 '진지'인지, 한 번쯤 '진지하게' 생각해보자. 나는 과연 진지라고 부를 수 있을 만한 음식을 먹으며 인간답게 살고 있는지를. 그건 곧 삶에 대한 가치를 어디에 두고 살고 있는지 되돌아보자는 얘기이기도 하다.

생선을 대하는 태도에 관하여

아침에 눈을 뜨면, 음식과 삶의 기쁨에 감사하라.
감사할 것이 없다는 느낌이 드는 것은 잘못된 생각을 하고 있기 때문이다.
_ 태쿰세

"오카에리나사이(잘 다녀오셨습니까)?!"

그 집 주인은 언제 가도 꼭 이렇게 인사를 한다. "어서 오세요"가 아니라 잘 다녀왔느냐고. 마치 어디 잠깐 출장 갔다 돌아온 식구나 이웃을 맞이하는 것처럼.

일본 도쿄에 있는 어느 식당 주인 얘기다. 아내가 예전에 일본에서 유학할 때 생긴 오랜 단골 식당과 술집이 몇 군데 있다 보니, 나도 같이 단골이 되어 1년에 몇 차례 일본 여행을 갈 때마다 찾아가곤 한다. 그중 이 식당은 야끼도리와 생선구이 등을 파는 곳이다.

음식점에서는 보통 손님에게 "어서 오십시오"라고 인사를 건넨다. 주인과 안면이 있는 단골손님쯤 되면 "오랜만에 오셨네요"라거나 "그동안 왜 이렇게 안 오셨어요?" 하면서 반가움을 표현하기도 한다. 이런 말을 들으면 순간 '아! 내가 여길 너무 안 왔나?' 하는 미안한 생각에 괜히 멈칫할 때도 있다.

그런데 이 집 주인은 우리 부부가 가게 문을 열고 들어서면 활짝 웃으며 '잘 다녀오셨느냐'고 인사를 해준다. 그 인사를 들으면 한국과 일본이라는 공간적 거리감과 오랜만에 갔다는 시간적 거리감이 한순간에 사라진다. 우리가 한국에 사는 한국인이라는 걸 뻔히 알면서도 마치 원래 그 동네에 사는 이웃이 며칠 여행 갔다가 돌아온 것마냥 반겨주는 친근함이 그 짧은 인사말에 다 담겨 있다. 계산을 하고 작별인사를 할 때도 "안녕히 가세요"가 아니라 "다녀 오십시오"라고 말한다. 비행기 타고 한국으로 돌아가버릴 사람들이 아니라 내일모레쯤 다시 돌아올 가족을 대하듯이.

그래서 이 집 주인의 인사를 들을 때마다 기분이 좋아진다. 그에게는 우리가 수많은 손님들 가운데 하나일지 모르겠지만, 우리 부부는 '우리를 진심으로 반기면서 정성을 다해 대접해주는구나' 하고 느낀다. 그리고 그런 인사를 할 수 있는 사고방식과 마음 씀씀이에 놀라곤 한다.

그 집에 가면 꼭 시키는 생선구이를 먹을 때였다. 나는 생선을 좋아하기도 하거니와 먹을 때는 살을 부서뜨리지 않고 가시를 곱게 발라내며 깨끗하게 먹는 습관이 있다. 자잘한 부스러기도 남기지 않는다. 생선뿐만이 아니다. 뼈가 있는 닭고기나 새우 같은 갑각류를 먹을 때도, 가급적 처음 모양을 예쁘게 유지하며 먹되 찌꺼기가 지저분하게 남지 않도록 깔끔하게 먹어치운다. 요리를 해준 사람의 마음을 생각하지 않을 수 없기 때문에 어떤 음식을 먹더라도 웬만하면 남기지 않고 싹싹 긁어 먹는 편이다. 생선 먹는 내 모습을 보더니 그 집 주인이 빙긋 웃으며 이렇게 말했다.

"이 생선은 죽어서 좋은 데 갔을 겁니다."

곱게 먹어주니 생선도 마음 편하게 저세상으로 갔을 거라는 그 농담을 들으며 이런 생각이 들었다. '이 사람은 음식을 존중할 줄 아는 사람이구나.'

좋은 요리사는 음식을 존중할 줄 아는 사람이다. 그러나 음식이라는 건 만드는 사람이 잘 만드는 데서 끝나는 게 아니다. 먹는 사람이 그 음식을 정성스럽게 먹을 때 그 요리의 가치가 완성된다. 사람과 사람의 관계에서 서로에게 최선을 다해야 하듯 음식도 마찬가지다. 요리사는 자기 요리를 먹어주는 사람에게 고마워하고, 먹는 사람은 그 요리를 만들어준 요리사에게 고마워해야 한다. 만드는 사람은 재료 선택에 최선을 다하고 조리에 최선을 다하고 접시에 담을 때도 최선을 다해야 하는 게 당연하지만, 먹는 사람도 최선을 다해 먹을 줄 알아야 한다.

음식을 최선을 다해 잘 먹는다는 건 그릇 위의 음식을 존중하면서, 그리고 맛에 대한 감흥을 느껴가면서 먹는다는 뜻이다. 그건 단순히 음식으로 배를 채우거나 끼니를 때우려고 먹는 것과는 다르다. '남들 다 가는 유명한 식당이니까 나도 와봤다' 또는 '여기 와서 이걸 먹어봤다는 걸 남들에게 자랑해야지' 하는 마음으로 먹는 것과도 다르다. 정말 그 음식을 음식 자체로 즐길 줄 아는 사람은 자기가 뭘 먹었는지를 남에게 과시할 필요도, '인증샷'을 남길 필요도 느끼지 못할 테니까.

단순히 음식이 '맛있다, 맛없다'를 평가하거나 호들갑스러운 감탄사를 연발하는 게 잘 먹는 모습의 전부는 아니다. 지금 내 앞의 접시 위에 담긴, 나를 위해 희생한 한 마리 생선에게 감사하는 마음으로, 그 생선이 좋은 곳으로 가기를 바라는 마음으로 먹는 것, 그리고 이 생선을 정성스럽게 잘 구워준 요리사의 진심과 수고를 헤아리면서 먹는 것이다.

손님을 '얼마짜리 매출'로 취급하는 것이 아니라 조만간 또 '다녀갈' 식구나 이웃처럼 반겨주는 식당 주인의 마인드에는 '정성'이라는 것이 있다. 식재료에 대한 정성, 요리에 대한 정성, 그리고 사람에 대한 정성이. 식당을 운영하는 사람과 손님 사이의, 그리고 정성스럽게 음식을 만드는 사람과 정성스럽게 먹는 사람 사이의 '주파수'가 맞을 때, 비로소 요리를 통한 감동이 만들어진다.

'파인다이닝'은 '고급 정찬'이라는 뜻이다. 그러나 우리나라 사람들이 흔히 생각하는 것처럼 그저 음식 값이 비싼 식당에 가서 점잔 빼며 먹는 걸 의미하지는 않는다.

서양 사람들이 파인다이닝 레스토랑에 가서 식사를 한다는 건 요리사가 자신의 혼을 담아 정성스럽게 만들어주는 요리를 정성스럽게 먹어줄 마음의 준비를 하고 가서 먹는다는 뜻이다. 돈 많은 사람만 가고 돈 없는 사람은 절대 못 가는 그런 개념이 아니라, 경제력이나 계층과 상관없이 특별한 날에 특별한 정성을 누리고 싶다면 누구든 선택할 수 있는 것이다. 이는 그들의 음식 문화에서 중요한 부분이다.

우리나라의 경우 식당에 가서 음식을 먹는다는 개념과 문화 자체가 서양과는 많이 다르다. 그 차이점을 보여주는 단적인 예가 고깃집을 좋아하는 문화다. 요리사가 고기를 정성껏 요리해서 차려주는 방식보다는, 손님이 자기 손으로 직접 고기를 구워 먹는 방식을 훨씬 선호한다. 조금 다른 각도에서 보면 대단히 신기한 현상이다. 날고기를 그대로 주는 식당에 일부러 찾아가서 굳이 자기 손으로 수고해가면서 불에 고기를 구워 먹고는 그 대가를 식당에 지불하는 셈이다. 5만 원짜리 스테이크를 먹느니 5만 원어치 생고기를 스스로 구워 먹는 게 낫다고 생각하는 거다.

게다가 '나는 얼마짜리 이상은 먹으면 안 돼'라는, 스스로에게 부과하는 고정관념도 강한 편이다. 어느 날은 5천 원짜리 밥을 먹지만 어느 날은 5만 원짜리 식사를 선택할 수도 있다고 생각하기보다는, 나는 월급이 얼마니까 직장 회식은 무조건 삼겹살집, 가족 외식비는 무조건 얼마 이하, 하는 식으로 선택의 폭을 한정시켜놓곤 한다. 그러다 보면 요리를 해주는 음식에 대한 가치나 요리사에 대한 감사함을 느낄 기회가 많지 않을 수도 있다.

예전에 레스토랑을 운영할 때 '카메라 금지' 팻말을 붙여놓은 적이 있다. 식당에 온 손님들이 사진을 찍지 못하게끔 한 것이다. 생소하게 느끼는 사람들도 있었고 반발하는 사람들도 있었다. 손님은 둘째 치고 동업자들이 더 싫은 내색을 했다.

음식점에 가서 음식 사진 찍고 가게 내부 사진 찍는 것, 물론 있을 수 있는 일이다. 개인 소장용으로만 찍는 거라면 말릴 이유도 없다. 굳이 카메라 금지 표시를 했던 까닭은 예의 없이 구는 몇몇 손님들 때문이었다. 터무니없는 서비스들을 권리인 양 당당하게 요구할뿐더러, 음식은 물론이고 내부 인테리어와 주방 안쪽까지 불쑥 들어와 아무 양해도 구하지 않고 돌아다니면서 사진을 찍어대는 손님들. 사람들은 그들을 '파워 블로거'라 불렀다. 그들이 인터넷에 올린 후기와 홍보 글이 손님을 불러모아 매출을 올려준다고 했다. 때문에 식당 측에서 나서서 그들을 홍보에 이용하는 모습도 적잖이 볼 수 있었다.

나는 전문 마케팅 회사가 아닌 파워 블로거라는 이름의 개개인에게 마케팅을 맡긴다는 것이 잘 납득이 가지 않았다. 그리고 그런 인터넷 홍보 글에 혹해 호기심으로 식당을 찾아오는 손님들의 숫자에 연연할 필요도 없다고 생각했다. 그렇기에 파워 블로거가 우리 레스토랑에 왔다고 해서 일반 손님과 다른 서비스나 특혜를 줘야 한다고는 생각하지 않았다.

개인뿐만 아니라 미디어 매체도 마찬가지다. 특정 브랜드의 매장에서는 그 누구도 내부 사진을 함부로 찍을 수 없는 것처럼, 나의 노력과 아이디어와 비용을 들여 정성껏 꾸며놓은 레스토랑에서는 그 어떤 신문사나 방송국이라 할지라도 미리 허가를 받고 양해를 구한 다음에 촬영을 하는 게 당연했다. 식당 홍보를 해줄 테니 마음껏 돌아다니며 카메라를 들이대도 된다? 그건 홍보 활동을 떠나 기본 매너이자 예의의 문제이다.

한쪽에서 최선을 다했음에도 불구하고 더 이상 소통이 되지 않는 인간관계가 있다. 음식과 식당도 마찬가지다. 요리사가 정성껏 음식을 만들었음에도 불구하고 먹는 사람이 그 음식에 대한 고마움을 전혀 헤아리지 못하는 경우도 있고, 반대로 먹는 사람이 정성껏 먹으려 했음에도 불구하고 도저히 먹을 수 없을 정도로 형편없는 음식도 있다. 식당에서 손님에게 제공하는 서비스의 질이 중요한 만큼, 그런 서비스를 가치 있게 이용할 줄 아는 손님의 의식도 중요하다.

상호 간의 주파수가 맞지 않으면 관계라는 것은 더 이상 지속되기 어렵다. 음식을 만드는 사람과 먹는 사람, 식당을 운영하는 주인과 그 식당을 이용하는 손님. 이들 간의 정성과 예의의 주파수가 잘 맞춰져 확산되고 보편화될 때 음식 문화도 발전한다.

셰프의 점심

신은 인간에게 먹을 것을 보냈고, 악마는 요리사를 보냈습니다.
_톨스토이

"레오, 오늘 셰프 점심식사는 네가 준비해."

'그곳'에서 일한 지 반년쯤 된 어느 날이었다. 얼마 전부터 주방에서 생선 파트를 맡게 된 나에게 선배 요리사 톰이 퉁명스레 이야기했다. 셰프는 점심에는 대개 생선으로 식사를 하니 생선 담당인 나에게 준비를 하라는 것이었다.

'그분'께 내 손으로 식사를 차려드리긴 처음이었지만 생선 손질에는 웬만큼 자신이 있었기에 별로 당황하시는 않았다. 손님에게 내갈 것도 아닌데 긴장할 게 뭐가 있으랴 싶었다.

셰프의 식사에 쓰는 생선은 꼬리 쪽 끄트머리 부분이었다. 끄트

머리는 손님에게 내가는 요리에는 쓰이지 못하니까 늘 남아돌게 되는데, 그걸 버리지 않고 모아놨다가 셰프가 들곤 했다. 나는 평소 셰프의 식사 메뉴대로 생선을 굽고 페넬(fennel : 회향. 허브의 한 종류)을 썰어 샐러드를 곁들였다.

그런데 접시에 담은 요리를 셰프에게 가져가기 직전, 내게 점심 준비를 시킨 톰이 버럭 소리를 질렀다.

"미친 새끼야! 이게 뭐야?"

"네?"

"네가 지금 요리해드리는 분이 누군지 알아?"

"우리 셰프 아니에요?"

"그걸 아는 놈이 요리를 이따위로 해? 쓰레기 같은 놈! 병신 새끼! 음식 귀한 줄도 모르는 놈아!"

스코틀랜드 출신의 요리사 톰 키저는 현재 영국에서 활약하고 있는 유명한 셰프지만 그 당시에는 나를 제일 많이 '갈구는' 선배였다. 그런데 왠지 그날따라 그의 꾸중 한 마디 한 마디가 가슴을 쿡쿡 찔렀다.

"우리 셰프가 어떤 분인지 모르나? 세계 최고의 셰프이고 누구보다도 뛰어난 입맛과 감각을 지닌 분이다. 그런 분께 감히 이따위 요리를 드린다고?"

고개 숙인 내게 그는 최후의 일격을 가했다.

"네가 여기서 누굴 위해 일하고 있는지 한 번이라도 생각해본 적

있냐?"

그러더니 그는 접시 위의 음식을 나에게 확 쏟아버렸다. 나는 망치로 머리를 얻어맞은 듯했다. 욕을 먹어서가 아니라 그가 한 말의 속뜻 때문에.

알고는 있었다. 우리 셰프가 영국에서뿐만 아니라 세계적으로 명성이 자자한 인물이라는 것을. 하지만 마음속 깊이 되새긴 것은 그때가 처음이었다. 내가 누구 밑에서 누구를 위해서 일하고 있는지, 그의 식사를 준비한다는 게 어떤 의미인지를.

결국 처음부터 다시 했다. 다른 선배들이 어떻게 했는지 기억을 더듬어 페넬도 훨씬 더 세밀하게 슬라이스하고 생선도 신경 써서 구워서 최선을 다해 예쁘게 담아냈다. 간단해 보이는 요리지만 손님에게 내가는 값비싼 요리보다도 몇 배 더 정성을 들였다.

마침내 접시를 받쳐 들고 셰프에게 갈 차례. 발걸음을 옮길 때마다 심장이 두근거렸다. 프랑스 요리의 대가이자 유럽의 내로라하는 셰프들이 가장 존경하는, 살아 있는 전설 피에르 코프만 셰프에게 내 손으로 처음 차려드리는 점심. 맘에 안 든다며 집어던지면 어쩌나, 식은땀이 났다.

셰프는 식사 내내 아무 말이 없었다. 식사를 마치고 한마디 했을 뿐이었다.

"음, 잘 먹었네."

그러고는 자리에서 일어서면서, 그 큰 손으로 내 뒤통수를 빡

소리 나게 후려갈기는 게 아닌가!

어안이 벙벙했다. 방금 일어난 일이 믿기지 않았다. 식탁을 유유히 떠나던 셰프는 문득 생각났다는 듯이 한마디 덧붙였다.

"레오, 좀 덜 익혔어야 했는데 너무 많이 익혔어."

내내 긴장하고 있던 나는 멀어져가는 셰프의 뒷모습을 보며 비로소 정신을 차렸다. 그리고 아직도 얼얼한 뒤통수를 문지르며 속으로 환호성을 질렀다.

'셰프가 나를 때려주셨다!'

그건 '칭찬'이었다. 그분으로부터 처음 받은.

어디서 일했느냐고 물어볼 때 영국인들은 이렇게 말한다.

"Who did you work for?"

그러면 대답은 다음과 같다.

"I used to work for Pierre Koffmann."

'work for'라는 표현은 '~에서 근무하다, 누구누구 밑에서 일하다, 누구누구에게 고용되다'라는 뜻이니까 위 대답은 '피에르 코프만의 레스토랑에서 일했습니다, 피에르 코프만 밑에 있었습니다' 이런 얘기다.

하지만 나는 사전적 해석과 상관없이 저 말 속에 더 깊은 뜻이 담겨 있다고 느꼈다. 왜 '어디에서where'냐고 묻지 않고 '누구who'인지를 물어볼까? 거기엔 '누굴 위해 일했느냐work for'는 의미도 들어 있는 게 아닐까. 선배 요리사 톰이 나를 야단치면서 '네가 누굴 위해 일하고 있는지 생각해본 적 있느냐'고 했던 그날 이후, 나는 요리사로 성장한다는 게 과연 무엇인지 다시 생각해보게 됐다.

♧

20대 중반에 일했던 피에르 코프만의 라 탕 클레어La Tante Claire는 영국에서도 유명한 정통 프렌치 레스토랑이었다. 요리사라면 누구나 동경하는 곳이지만 일이 힘들고 셰프가 무섭기로 악명이 높아서 가는 걸 말리는 선배들도 많았다.

서양 요리를 본고장에서 제대로 배우겠다는 다짐 하나로 무작정 런던으로 갔던 나는 최고의 레스토랑에서 일해보고 싶은 마음이 늘 간절했다. 그러나 라 탕 클레어의 피에르 코프만은 나를 선뜻 받아주지 않았다. '동양인이 프랑스 요리를 어떻게 할 수 있겠느냐? 짜고 매운 한국 음식 맛에 길들여져 있는 너는 이곳에 올 필요가 없다'는 것이었다. 그래도 너무나 간절한 마음에 처음 한 달 동안은 허드렛일만 했다. 오지 말라는데도 한사코 출근한 거라 급여는 기대도 안 했다. 그냥 묵묵히 궂은일을 도맡아 했더니 두 번째 달부터는 약간의 급여를, 세 번째 달부터는 정식 월급을 주기 시작했다.

다만 이전 레스토랑에서의 내 경력은 인정해주지 않았기 때문에 맨 아래 직급인 '코미'부터 시작했다. 재료 손질부터 청소, 쓰레기 치우는 일은 전부 내 몫이었다. 주방이 아래층과 위층으로 나뉘어 있었는데 오르내리는 시간도 줄이려고 한 번에 서너 계단씩 뛰어다녔다. 셰프에게 인정받고 싶다는 마음밖에 없던지라, 해뜨기 전에 출근해서 자정까지 마치 그 집 머슴이 된 것처럼 일했다.

예전 선배들이 하던 이야기가 아주 틀린 건 아니어서 일도 힘들고 주방 분위기도 다른 레스토랑에 비해 매우 엄격했다. 그중 셰프가 특히 강조했던 점은 청결이었다. 모든 요리사는 날마다 자기가 쓴 냉장고의 바닥과 뒷벽과 바퀴 하나하나까지 다 닦아야 퇴근할 수 있었고, 이삼일에 한 번씩은 커다란 환기장치 속으로 직접 들어가 그 안의 시커먼 기름때를 청소해야만 했다. 이전에 근무했던 곳에서는 환기구 청소 같은 일은 청소업체에 일괄적으로 맡겼는데 여기서는 요리사들 몫이었다. 또한 하루에 앞치마와 행주를 딱 하나씩만 지급해줬기 때문에 더러워지지 않도록 아주 조심해야만 했다. 이런 점은 레스토랑마다 방침이 조금씩 다른데, 어떤 곳에선 유니폼도 지급하고 앞치마와 행주도 얼마든지 새것을 쓸 수 있게 하지만, 라 탕 클레어에서는 유니폼도 지급하지 않을뿐더러 앞치마와 행주도 하나씩만 가지고 하루를 버텨야 했다. 즉 굉장히 타이트하게, 요리사 스스로가 늘 청결을 유지하도록 바짝 긴장하고 일해야만 했다.

이러한 분위기 속에서 셰프에게 인정받기란 쉽지 않아 보였다. 하지만 셰프는 단순히 무섭기만 한 사람은 아니었다. 그에겐 누구와도 비교할 수 없는 독특한 카리스마가 있었다. 그건 요리사들에게 강력한 동기를 부여하는 묘한 힘이었다.

뭔가 잘못을 했을 때는 무섭게 야단을 치는데, 음식을 접시째 내던지거나 쓰레기통에 처박는 것은 물론이고 손으로 음식을 집어서 요리사한테 냅다 뿌려버렸다. 손바닥으로 음식을 쾅 내리쳐서 완전히 뭉갠 다음 자기 손을 요리사의 옷에 쓱쓱 닦아내고는 "저리 꺼져!" 하고 호통을 치기도 했다.

그런데 참 신기하게도 셰프에게 야단을 맞고 나면 기분이 나쁜 게 아니라 오히려 '아, 내가 정말 잘못했구나. 죄송해서 어떡하지' '내가 잘못하는 바람에 셰프가 마련한 이 귀한 재료들을 버려놨구나' '셰프가 나한테 준 기회를 헛되게 망쳐버렸구나' 이런 생각이 들었다. 셰프 밑에서 일하는 요리사들 모두가 그런 분위기에 동화되어 있었다.

셰프에게 깨졌다고 해서 누구 하나 위로해주는 동료도 없었다. 오히려 '이 바보야, 셰프가 너한테 준 기회를 감히 망쳐버려! 내가 너였으면 그렇게는 안 했겠다' '멍청한 놈, 더 잘 했어야지' 이런 눈빛들이었다. 모두가 그런 눈으로 나를 쳐다보면 정말이지 다리 위에서 뛰어내리고 싶을 만큼 참담해진다. 그런데 스스로 뉘우치는 시간이 지나고 나면, 다시는 똑같은 실수를 하지 않겠다는 오기가 생긴다. 그리고 실수를 되풀이하지 않기 위해 온갖 방법을 찾고 연구를 하게 돼 있다.

그 과정에서 선배 눈에 '저놈은 정말 열심히 하는 놈'으로 비춰지면, 누군가가 와서 툭 던지듯이 "그건 이렇게 하는 거야, 멍청아" 하고 가버린다. 그 순간 '아! 이거였구나!' 하고 깨닫는다. 이렇게 익히고 깨달은 것은 평생 잊지 못할 정도로 머릿속 깊이 박혀버린다. 말뿐인 위로 몇 마디보다 그런 쌀쌀맞은 조언 한 마디가 더욱 발전적인 자극이 된다.

주방에서는 선배건 후배건 직급이나 경력과 상관없이 모두 똑같은 경쟁자였다. 실력만으로 인정받았기 때문에 아무리 나보다 낮은 직급에 있던 까마득한 후배라 할지라도 언제든 치고 올라올 수 있다는 걸 알고 있었고, 지금은 아무리 낮은 직급이라 해도 열심히 노력해서 실력을 갖추면 언제든 셰프가 나를 높은 직급으로 올려주리라는 것도 알았다. 셰프가 준 기회를 망치는 순간 지금까지 해온 모든 것이 위기가 되지만, 반대로 위기가 기회가 되기도 했다. 실제로 그곳에서 일한 지 6개월쯤 됐을 때 나는 '셰프 드 파티'로 승급했다. 전에 일했던 곳에서의 직급으로 겨우 다시 올라간 것이었는데, 오히려 '지금부터가 진짜 시작이구나' 싶었다. 그리고 더더욱 열심히 해서 인정받고 싶었다.

때문에 그곳에서 일했다는 건 단순히 '그 식당에서 월급을 받았다'거나 '유명한 식당에서 경력을 쌓았다'는 뜻은 아니다. 그보다는 도제로서 또는 제자로서 스승을 모시면서 그분을 위해 일했다는 뜻에 가깝다. 손님에게 내갈 최고급 요리건 셰프의 점심으로 차린 간단한 생선 꽁다리 요리건, 내가 모시는 분의 요리 정신을 늘 잊지 않는다는 뜻이다. '어디에서'가 아닌 '누구 밑에서'인지를 물어보는 것처럼, 최소한 그의 레스토랑에서 일하는 동안만큼은 '그분을 위해서' 일한다는 마음으로, 셰프의 일이 곧 내 일인 것처럼 최선을 다하는 게 당연했다. 그것이 바로 피에르 코프만 밑에서 일한다는 자부심이자 요리사로서의 자세였다.

훗날 한국에 돌아와 직접 레스토랑을 운영하면서, 나처럼 생각하는 후배들이 그리 많지 않다는 걸 알게 되었다.

요리에 대한 열정보다는 이력서에 어디'에서' 일했다는 경력 한 줄 더 채우려고 일하는 이들도 있었고, 가르쳐준 레시피를 사익을 위해 아무런 양해 없이 다른 데 써먹는 사람들도 있었다. 요리가 좋아서라기보다는 어떻게 하면 더 좋은 곳에 취직할 수 있을까만 고민하고, 주방 일을 '내 일'로 생각하기보다는 '시키니까 해야 하는 일'로 여기는 것 같았다. 뭔가 실수를 해서 야단을 치면 실수를 되풀이하지 않고자 노력하기보다는 저희끼리 회식 자릴 만들어

'성질 못된' 셰프 욕을 하며 서로 위로하느라 바빴고, 선의의 경쟁을 하기보다는 금세 '형, 동생' 하면서 가족 같은 분위기를 만들곤 했다. 당장은 그런 가족 같은 위로가 위안이 될지는 몰라도 내 눈에는 요리사로서 더 발전할 수 있는 기회를 서로서로 망치는 것으로 보였다.

이는 아마 각자 사고방식이 다른 이유도 있겠지만, 요리사가 되는 환경 혹은 레스토랑의 환경과 역사 자체가 영국과 한국이 비교할 수 없을 정도로 다르기 때문이 아닐까. 그리고 언제부터인가 이게 꼭 요리사만의 문제는 아니겠구나 하는 생각이 들었다. 자기가 진정 원하는 일을 찾기보다는 남들의 시선을 의식하고, 자기 일에 열정을 쏟기보다는 안정된 직장을 원하고, 자신이 원하는 행복을 찾기보다는 남들이 정해놓은 행복의 기준만을 좇아가는 가치관이 우리 사회에 전체적으로 팽배해 보였다. 평생을 요리사로 살겠다는 생각보다는 레스토랑 몇 군데에서 스펙 쌓고 레시피 몇 가지 배운 다음, 대기업 R&D팀에 입사해 안정적으로 살겠다는 생각. 그게 꼭 나쁘다는 얘긴 아니지만, 직종과 분야를 막론하고 거의 모든 사람들이 천편일률적인 직업관과 인생관을 갖고 있는 게 과연 건강한 사회의 모습일까.

20대 내내 외국에서 요리만 하다 한국으로 돌아왔을 때, 처음엔 이런 사고방식을 이해하기가 힘들었다. 이러한 사회에서 내가 20대 때 경험하고 배웠던 '스승 밑에서, 스승을 위해, 스승의 일을 내

일처럼 여기며 일하는' 사고방식, 혹은 '더 인정받을 수 있는 실력을 갖추기 위해 누가 시키지 않아도 스스로 연구하고 노력하는' 직업관을 기대하는 건 무리였는지도 모르겠다.

그럼에도 불구하고 변하지 않는 사실이 있다. 요리사가 된다는 것은 '안정된 직장인'으로 사는 것과는 본질적으로 다르다는 점이다. 요리사는 다른 사람들에게 음식을 만들어주기 위해 자신을 희생하는 삶을 살아야 하고, 예술가와 마찬가지로 창의적인 생각과 아이디어를 하루라도 멈춰서는 안 된다. 희생과 창의성을 거부하고 오로지 안정과 안주만을 추구한다면, 요리는 할 수 있을지언정 '요리사로서' 살기란 어렵다.

기술과 기교는 꾸준히 익히고 연습하면 언젠가는 이루게 되어 있다. 오늘 안 되면 내일 또 하면 된다. 그러나 진정한 고수는 겉으로 보이는 기교를 부리지 않는다. 고도의 기술이 몸에 배 있어 겉으로는 보이지도 않는다. 레시피를 달달 외우는 사람이 아니라 레시피 따위는 없는 것 같은데도 뭔가를 뚝딱 만들어내고, 계량하지도 않고 대충 소금 몇 번 뿌린 것 같은데 "도대체 뭘 넣었기에 이렇게 맛있는 거야?" 하는 감탄이 나오게 한다. 고수란 기술이 몸에 완전히 익어 있을 뿐만 아니라 그런 일에 평생 매진하는 사람이다.

내가 '형님'이라 부르며 존경하는 요리사 가운데 이연복 셰프라는 분이 있다. '목란'이라는 유명한 중식당을 운영하는 화교 출신 요리사다. 그분이 요리를 시작한 것은 겨우 열네 살 때였다. 쉰넷이 되었을 때 그의 경력은 무려 40년이었고, 10년 뒤엔 50년, 그러니까 겨우 60대에 무려 반세기의 요리 경력을 갖게 된다.

한 가지 일을 평생 할 수 있다는 것, 그것이야말로 인생에서 가장 큰 축복이 아닐까. 내 요리 경력이 고작 20년을 조금 넘었을 뿐이니까 그분 같은 선배님들에 비하면 아직 갈 길이 한참 남았다. 그 길을 가는 여정에 있을 뿐이다.

정말 요리사가 되고 싶은가? 그렇다면 한번 진지하게 생각해볼 필요가 있다. 요리사가 된다는 게 어떤 의미인지, 요리사로 성장하기 위해 필요한 게 뭔지, 정말로 축복받은 삶을 살기 위해 스스로 갖춰야 할 것들이 뭔지를 말이다.

일반적인 레스토랑의 요리사 직급 체계는 대략 다음과 같다.

코미commis

퍼스트 코미first commis

드 미 셰프 드 파티de mie chef de partie

셰프 드 파티chef de partie

시니어 셰프 드 파티senior chef de partie

주니어 수 셰프junior sous chef

시니어 수 셰프senior sous chef

헤드 셰프head chef (셰프 드 퀴진chef de cuisine)

코미는 재료 준비 등을 하는 보조 요리사이다. 셰프 드 파티는 주문받은 메뉴를 조리하는 요리사로 고기, 생선, 채소, 전채, 디저트 등 영역별로 나뉜다. 수 셰프는 총책임자 바로 아래 직급으로 헤드 셰프를 보좌하며 조리 및 주방 실무를 감독한다. 헤드 셰프 또는 셰프 드 퀴진은 메뉴, 조리, 직원, 주방을 종합적으로 관리하는 총책임자이며, 경영 측면까지 담당할 경우 이그제큐티브 셰프 executive chef 라고 한다. 서양 요리의 주방 체계를 정립한 나라가 프랑스이기 때문에 대부분 용어가 프랑스어로 되어 있다.

단, 레스토랑의 직급 체계와 호텔 레스토랑의 직급 체계에는 차이가 있다. 호텔에는 각 레스토랑 업장마다 '이그제큐티브 수 셰프' 또는 '헤드 셰프'가 있는데, 일반 레스토랑과 달리 그 위로 '이그제큐티브 셰프 – F&B 디렉터 – 제너럴 매니저'의 직급이 이어진다.

간혹 일반 레스토랑과 호텔 레스토랑의 직급 체계를 혼동하거나 용어를 불분명하게 뭉뚱그려 번역할 경우 직급에 대한 오해를 불러일으킬 수 있다.

나의 첫 번째 연어 콩피

화려하고 복잡한 걸작을 요리할 필요는 없다.
다만 신선한 재료로 좋은 음식을 요리하라.
_줄리아 차일드

'지금이다!'

바로 지금이라는 감이 왔다. 액체 상태의 기름 속에서 붉은 연어 살을 조심스레 건져냈다. 싱싱한 선홍 빛깔이 익히기 전의 날것 상태와 비슷해 보였다. 하지만 1분만 늦어도 너무 익어버려 살이 지나치게 단단해지거나 색깔이 희게 변한다. 그 시점이 정확히 언제인지는 순전히 감각으로 알아채야 한다.

더 어려운 관문은 그 다음이다. 큰 칼로 도마 위에 있는 연어 살을 반으로 가른다. 마치 책을 펼치듯 두 조각으로 활짝 펼쳐야 한다. 칼을 집어넣자마자 살이 힘없이 부스러진 게 벌써 여러 번. 그

때마다 약이 올라 돌아버릴 지경이었다. 이번에는 꼭 성공하고 싶었다.

칼날을 눕혀 천천히 생선살을 가르기 시작했다. 온몸의 촉각이 곤두섰다. 오로지 도마 위의 연어 살로만 감각이 집중됐다. 칼날이 천천히, 살 속으로 반 이상 들어갈 때까지 살이 부스러지지 않았다. 왠지 예감이 좋았지만 마음을 놓긴 이르다. 더더욱 손끝과 칼날에 감각을 집중했다. 마침내 칼날이 연어 살을 완전히 갈랐고, 행여라도 부서질세라 조심조심 살을 양쪽으로 펼쳤다. 됐다! 부스러뜨리지 않고 정확히 반으로 갈라내는 데 처음으로 성공했다.

반짝이는 두 조각 선홍색 속살을 보며, 예술 작품을 만들어낸 듯 뭐라 표현하기 힘든 희열감에 온몸이 짜릿했다. 나의 첫 번째 '연어 콩피'였다.

연어 콩피salmon confit는 피에르 코프만의 시그니처 디시 가운데 하나로 '콩피'는 기름에 재료를 넣고 약불에서 천천히 익히는 조리법을 뜻하는 프랑스어다. 연어를 기름에 넣고 40~45도에서 천천히 익히면 연어의 붉은색은 유지되면서 살이 결결이 익게 되는데, 이렇게 익히면 생선의 식감과 풍미도 좋고 시각적으로도 아름답다. 내가 방송을 통해서도 선보인 적이 있는데 그때는 올리브오일을 사용했지만 원래는 오리기름을 쓴다.

라 탕 클레어에는 수프에 연어 콩피를 곁들인 메뉴가 있다. 워터

크레스(watercress : 물냉이) 잎을 갈아 만든 퓌레와 코코넛을 넣은 수프에, 스코틀랜드 자연산 연어의 살코기를 손바닥만 한 덩어리째 얹어낸 요리다.

하루는 코프만 셰프가 내게 연어 콩피 만들 줄 아느냐고 묻기에 주저 없이 "네!"라고 대답했다. 그 전에 일했던 레스토랑에서 잠깐 배운 적이 있었다.

"그래? 어떻게 하는데?"

"연어를 오일에 넣고 40~45도를 유지하면서 천천히 조리하는 겁니다."

"한번 해봐."

나는 별생각 없이 올리브오일을 가져와 연어를 익혔다. 다 익자 셰프가 잘라보라 하기에 꺼내서 칼을 넣어 잘랐다. 그런데 웬걸, 칼이 들어갈수록 살이 죄다 부서지면서 처참한 꼴이 되고 말았다.

그걸 본 셰프는 실망스럽다는 표정으로 고개를 절레절레 젓고는 저쪽으로 가버렸다. 그 모습을 보고 있던 선배 톰이 다가오더니 아니나 다를까 나를 또 구박하기 시작했다.

"너 제정신이냐?"

엉망으로 부서진 연어 살을 가리키며 그는 소리를 질렀다.

"니 연어 콩피를 처음 만든 분이 누군지 알아?"

"모르는데요."

"바로 우리 셰프다."

순간 등줄기가 서늘해졌다. 그런 줄도 모르고 셰프 앞에서 나댄 꼴이라니.

"이것 봐! 살이 너무 많이 익었잖아, 병신아!"

부끄럽기도 했지만 슬슬 부아가 치밀었다. '이 인간은 나만 보면 욕을 하고 지랄이야!'

"너 이거 무슨 오일이야?"

"올리브오일인데요."

그러자 그는 접시 위의 연어 살을 쓰레기통에 쓸어넣고는 소리를 질렀다.

"당장 가서 오리기름 가져와!"

시키는 대로 냉동실에서 오리기름을 가져와 42~43도로 데웠다. 그러자 저쪽에서 모른 척 듣고 있던 셰프가 다시 내게로 다가왔다.

"준비 됐나?"

그러면서 내 팔뚝을 꽉 꼬집었다. "으악!" 비명을 지르며 엄살을 부리자, 셰프는 피식 웃으며 갑자기 내 손을 덥석 붙잡더니 그대로 오리기름 속에 푹 담그는 것이 아닌가.

"잘 봐. 이 정도 온도에서, 익을 때까지야."

그러고는 획 가버렸다. 뭔가 더 가르쳐줄 줄 알았는데 나 혼자 덩그러니 남겨졌다. 몇 도에서 몇 분을 익히라는 것도 아니고 밑도 끝도 없이 '이 정도 온도, 익을 때까지'란다.

'뭐라는 거야? 이 정도 온도? 익을 때까지? 그게 언제라는 소리

야? 익은 건 어떻게 알지? 어쩌라고!'

온도계로 온도를 체크하며 허둥대는데 이번에는 다른 이가 다가왔다. 언제나 친형처럼 나를 배려해준 친절한 선배 라파엘. 손에 뭔가를 들고 오는데, 고기 꿰맬 때 쓰는 길고 가느다란 스테인리스 바늘이었다. 자세히 보니 끝이 날카로운 게 아니라 약간 뭉툭하게 갈려 있었다. 그는 그 바늘로 노하우를 일러주었다.

"이걸로 생선살을 찔러봐."

끝을 뭉툭하게 만든 특수 바늘로 생선살을 찔러보는 데는 기막힌 이유가 있었다. 생선살의 결마다 얇은 막이 있기 때문에, 익지 않은 생선살을 바늘로 찔러보면 바늘 끝에 막이 미세하게 걸리면서 '똑, 똑, 똑' 하는 느낌으로 들어간다. 뾰족한 바늘로 찌르면 그냥 쑥 들어가기 때문에 적당히 뭉툭하게 갈아놔야 한다. 어느 정도로 뭉툭하게 가느냐도 순전히 감각이고, 그 바늘로 생선살을 찔러 결을 느끼고 익은 정도를 아는 것도 촉각과 감이다. 오일에 담근 생선살을 수시로 바늘로 찔러보면서 '똑, 똑, 똑' 들어가는 그 느낌이 없어질 때가 바로 '적당히 익었을 때'라는 것이다.

'이 정도 온도'를 직접 몸으로 익히게 해준 코프만 셰프, 호통 치며 가르쳐준 톰, 구체적인 노하우를 일러준 라파엘. 그들의 가르침 하나하나로 성장하던 나날이었다. 몇 번의 연습과 실패 끝에 처음으로 연어 살을 부서뜨리지 않고 성공한 그 순간, 그리고 그걸 셰프에게 가져가서 "음, 갖고 가(=손님에게 내가도 돼)"라는 말을 들은 그 순간을 나는 지금까지도 잊을 수가 없다. 그 뒤로 나도 라파엘처럼 나만의 바늘을 만들어두었다. 그 바늘은 지금까지도 간직하고 있다.

♧

연어 콩피는 모든 순간 예민한 감각을 요하는 요리다. 기름 온도를 일정하게 유지해야 하고, 생선살의 두툼한 가운데 부분과 얇은 가장자리 부분을 동시에 익혀야 하고, 딱 적당할 때 살을 건져내 부서지지 않게 갈라야 한다. 생선의 특성도 잘 알아야 하고 손놀림도 극도로 세심하지 않으면 안 된다.

하지만 이 정도는 아무것도 아니다. 코프만 셰프는 생선이든 고기든 채소든 모든 재료를 믿을 수 없을 정도로 세심하게 다뤄서 재료들 본연의 맛이 가장 잘 살아나도록 요리를 했다. '생선을 가장 맛있게, 정확하게 익힌 상태'가 무엇인지도 코프만 셰프를 통해 처음으로 알았다. 그 전까지는 생선은 그냥 껍데기가 노릇하게 구워지고 살이 잘 익기만 하면 되는 줄 알았다. 그에게 배우고 나서야 비로소 생선을 제대로 익힌다는 게 고기보다 더 어려운 일임을 깨달았다.

생선이 덜 익고 더 익었다는 기준이 뭘까? 생선살에는 아주 얇은 막으로 덮인 결이 있는데, 살이 익지 않았을 때는 그 막이 떨어지지 않다가 익으면 떨어진다. 살이 결대로 떨어지면서 혈관이 있는 등뼈 부분에 연한 핑크빛이 도는 바로 그 순간이 가장 맛있게 익은 상태다. 뼈보다 살이 먼저 익기 때문에, 살이 적당히 익었을 때 혈관은 살짝 덜 익어서 뼈에서 핑크빛이 나는 것이다. 간혹 생선을 먹을 때 등뼈 부분에 시커먼 줄 같은 게 보인다면 그건 너무 많이 익은 상태다. 뼛속 혈관까지 다 익어버린 거니까.

그런데 생선살이 덜 익었는지 너무 익었는지를 뼈 있는 데까지 헤쳐보지 않고 어떻게 안다는 걸까? 그걸 아는 게 순전히 감각이다. 수만 번의 경험과 피나는 노력 끝에 체득하는 기술이고.

생선도 생선이지만 라 탕 클레어는 고기 요리, 그중에서도 사냥철에 선보이는 다채로운 요리들로 명성이 높았다.

영국에서는 9~10월부터 이듬해 2월까지를 게임 시즌, 즉 사냥철이라고 해서 야생 동물 사냥을 허용한다. 물론 허가를 받고 티켓도 사야 한다. 야생 동물의 종류와 개체수도 미리 파악해서, 사냥할 수 있는 마릿수를 종별로 엄격하게 제한한다. 이 시즌에는 사냥꾼들이 사냥한 것들을 직접 사와서 요리를 만들기도 하는데, 특히 라 탕 클레어에서는 '게임 시즌을 거치지 않았다면 여기서 일했다고 얘기하지 말라'는 말이 있을 정도로 이 시기가 중요했다. 사냥으로 잡은 고기 종류를 모두 요리로 내놓는 요리사는 런던에서도 피에르 코프만이 유일하다시피 했다. 그는 몸소 사냥에 참여하기도 했고, 사냥 나간 숲에서 질 좋은 버섯을 채취해오기도 했다. 들어간 지 6개월쯤 됐을 때 셰프 드 파티로 직급이 오른 나는 다시 6개월쯤 지나 주니어 수 셰프가 되었는데, 바로 이 무렵에 게임 시즌을 경험할 수 있었다.

평소에도 일의 강도가 높은 곳이지만 게임 시즌에 비하면 아무 것도 아니었다. 이때는 새, 토끼, 사슴, 멧돼지 등 고기 메뉴가 평소보다 두 배 이상으로 늘어난다. 고기가 16가지라면 각기 다른 16가지 소스를 만들어야 하고 그 16가지마다 다시 3가지 이상의 각기 다른 가니시를 만든다. 최소 48가지 채소 버전을 준비해야 된다는 얘기다. 게다가 전체 고기 메뉴에서 야생 조류가 60퍼센트쯤을 차지하는데, 새의 종류별로 요리 방법도 다르고 또 각 새마다 미디움, 미디움 레어, 웰던으로 익히는 정도도 다 달랐다. 주문이 동시에 들어오면 팬 20개가 동시에 올라가고, 때로는 팬도 모자라서 홀딩을 시켜야 할 정도였다. 주방에 고기가 들어오면 일단 손질부터 해야 한다. 간혹 살에 산탄총 총알이 박혀 있으면 총알부터 빼내고, 털도 일일이 손으로 뽑고, 3마리씩 묶어서 냉장실에 넣어 숙성시킨다. 새벽에 출근해 손질부터 하려면 잠자는 것도 사치일 정도로 할 일이 많았다.

이때 배운 요리들 중에는 상상을 초월하는 기발한 요리들이 많았다. 사육하는 닭과 달리 야생 조류는 크기도 작고 지방층이 적어서 손질 방법부터 다를 뿐 아니라 손도 엄청나게 많이 간다. 예를 들어 우드콕(woodcock : 멧도요새)이라는 새는 껍질이 얇고 지방이 거의 없어서 그냥 구우면 살이 바로 말라버려 퍽퍽해진다. 그걸 방지하기 위해, 염장했다가 얼려놓은 돼지기름을 종잇장처럼 얇게 슬라이스한 다음 마치 스타킹을 신기듯 새의 몸통에 입혀서 굽는다. 이렇게 옷을 입히면 육질을 촉촉하게 유지할 수 있다. 내장은 따로 꺼내 모래집을 제거한 뒤 양념과 함께 다져서 빵에 발라 굽고, 가슴살과 다리살은 떼어서 따로 담고, 새의 뼈로는 육수를 만들어 뿌리고, 머리를 반으로 갈라 콩알만 한 뇌를 따로 내고…… 그야말로 극도로 정교하게 만들어내는 정통 프렌치 요리의 진수를 보여준다. 세계 3대 진미로 꼽히는 푸아그라, 캐비어, 송로버섯보다도 훨씬 값지고 아름다운 요리들이 아닌가 싶다.

하루 평균 18~20시간씩 일하면서 몸도 힘들고 잠도 모자랐지만, 날마다 배우고 깨우치는 것들이 놀랍고 신기해 힘든 줄도 몰랐다. 게다가 코프만 셰프는 야단칠 때는 무섭다가도 특유의 유머 감각으로 모두의 긴장을 풀어주곤 했다. 새털 뽑는 작업을 할 때는 몸소 거들어주기도 했다. 커다란 쓰레기통 앞에 마주 앉아 털을 뽑을 때면 흰 솜털을 일부러 날려 보내며 장난을 쳤다. 내 머리 위엔 금세 하얀 새털이 소복이 내려앉았다.

코프만 셰프에게는 특이한 버릇도 있었다. 악 하는 비명이 절로 나올 정도로 어깨나 팔뚝을 꼬집기도 하고, 뒤통수를 빡 소리 나게 때리기도 했다. 또 일부러 가까이 와서 방귀를 부욱 뀌고 가거나 얼굴을 바싹 들이대며 트림을 하기도 했다. 아파 죽겠다고 엄살을 부리면 그걸 또 은근히 즐겼다. 그나마 이것도 아무한테나 해주진 않는다. 그만의 친근감의 표시이자 애정 표현이었기 때문이다.

그래서 셰프에게 꼬집히거나 맞거나 방귀 세례를 받는 게 요리사들 사이에선 묘한 자랑거리였다. 다른 사람한테는 해주고 나한테만 안 하면 은근히 서운할 정도였으니까. 그런 것들이 칭찬의 표현일 때도 있었다. 점심을 차려드리고 셰프에게 뒤통수를 얻어맞은 날, 생선을 처음으로 제대로 구워내자 셰프가 어깨를 꼬집으며 "잘했어"라고 칭찬하던 날, '이제야 나도 셰프에게 인정받는구나' 싶어 뿌듯했던 기억이 난다.

그때 경험한 다양한 조리법보다 더 중요한 것이 있다. 바로 식재료에 대한 세세한 배려와 이해다. 창조적인 분야가 대부분 그렇듯 요리에서도 스승으로부터 제자에게로 대물림하는 기준과 기본이라는 게 있다. 코프만 셰프로부터 배운 기본이란 재료에 대한 기본을 뜻한다.

어떤 요리든 궁극의 맛은 궁극의 재료에서 나온다. 궁극의 재료를 안다는 건 그 식재료가 어디서 온 것인지, 즉 어떤 땅, 어떤 기후에서 어느 기간 동안 어떤 영양소를 흡수한 식재료인지부터 알아야 한다는 뜻이다. 자기가 쓰는 재료가 어디서 왔는지도 모르는데 어떻게 좋은 요리를 할 수 있겠는가? 예를 들어 이 당근은 어떤 땅에서 어떻게 자랐기 때문에 다른 당근에 비해서 수분과 당도가 어느 정도이며, 그러므로 이 당근은 어떻게 요리해야 궁극의 맛을 끌어낼 수 있는지를 요리사 본인이 알고 있어야 한다. 어디서 온 당근이냐고 물었을 때 "시장에서 사온 건데요"라고밖에 대답하지 못한다면 식재료에 대한 기본 자세를 갖추지 못한 것이고, 이는 자기가 하는 요리의 스토리가 뭔지도 모르고 하는 거나 마찬가지다.

재료를 잘 안다는 건 음식 맛을 최적의 상태로 끌어낸다는 의미이기도 하다. 채소면 채소, 해산물이면 해산물, 생선도, 고기도 식재료마다 가장 아름다운 맛을 끌어낼 수 있는 방법이 다 다르다. 호박이 가장 맛있는 계절에 호박 맛을 가장 잘 살리는 방법은 무엇인지, 기름기가 많은 고기와 적은 고기를 각각 어떻게 다루고 요리해야 하는지, 생선이 가장 완벽한 맛을 내도록 익힌 상태란 어떤 것인지, 달걀은 어떻게 포장해야 신선도를 유지할 수 있고 버섯은 어떻게 보관해야 땅에서 갓 따낸 상태에 가까운 맛을 낼 수 있는지 등등. 요리에서 무엇보다도 중요한 것은 식재료들을 각각의 특성에 맞게 어떻게 다루고 어떻게 조리해야 궁극의 맛을 끌어낼 수 있는지에 대한 흐트러지지 않는 기본을 갖추는 일이다. 기교나 개성은 그 다음에 스스로 쌓으면 된다.

기본을 탄탄하게 갖추고 나면 어떠한 음식을 접하더라도 그 음식이 어떻게 만들어졌을지, 뭐가 부족하고 뭐가 잘못됐는지를 판단할 수 있는 안목이 생긴다. 맛 한 번 보고 설명 한 번만 들어도, 혹은 먹어보지 않더라도 요리가 파악이 된다. 〈마스터 셰프 코리아〉에서 참가자들의 요리를 심사할 때도 그러한 나만의 변치 않는 기준을 적용했다.

이러한 디테일한 감각과 요리의 기본에 대한 많은 것들을 피에르 코프만에게서 배웠다. 영국을 떠난 뒤에는 내 요리의 궁극의 지향점을 한식에 두게 되었지만, 결코 잊지 않는 가장 중요한 기본은 바로 이것이다. '음식 맛을 살리는 건 식재료 본연의 특성을 이해하고 그 맛을 끌어내는 방법을 아느냐에 달렸다.'

이건 먹을 가치도 없어요

나를 살게 하는 것은 충분한 음식이지 훌륭한 말이 아니다.
_하인리히 뮐러

주방에는 숨 막히는 정적이 흘렀다. 밀려드는 주문에도 수십 명의 요리사가 일사불란하게 움직였다. 발소리도 나지 않고 프라이팬 부딪치는 소리나 스푼 놓는 달그락 소리도 거의 나지 않았다. 숨소리와 손놀림까지 절제했다.

이유는 하나였다. '그분'이 오셨기 때문이다. 그분, 고든 램지의 귀에 달그락 소리라도 들리는 순간이면 그는 고개를 바짝 들고 두 눈을 부라리며 "씨×, 뭐야? 누구야? 무슨 일이야?" 하면서 '그 욕지거리들'을 쏟아낼 테니까. 때문에 그가 일단 주방에 출몰한 순간부터는 주방에서 잡음이 사라졌다. 세월이 지난 지금도 그가 주방에 들어섰을 때의 칼끝 같은 긴장감이 기억에 선하다.

내가 런던의 고든 램지 레스토랑에서 처음 일할 때 이미 그는 대중적으로 인기 있는 유명 셰프였다. 빡빡한 방송 스케줄과 레스토랑 확장 경영으로 바쁜 그를 주방에서 만날 수 있는 날은 많지 않았다. 그래서 날마다 그에게 욕을 먹고 쥐어터진 건 아니었지만, 어쩌다 그가 들르는 날엔 단체로든 혼자서든 욕먹는 날이 되기 일쑤였다.

그러던 어느 날, 한동안 잠잠하다 싶더니 사고가 터지고야 말았다. 고든이 오랜만에 주방에 온 그때 하필이면 누군가가 접시를 깨뜨린 것이다.

벼락 치는 소리와 함께 접시는 바닥에서 산산조각이 났다. 그 순간 아마 다들 심장이 멎었을 것이다. 어찌나 무서웠던지 사고를 친 장본인은 쥐구멍으로 달아나듯 주방 뒤쪽으로 사라져버렸다.

얼굴이 험악하게 일그러진 고든이 고개를 딱 드는데, 하필이면 나랑 두 눈이 마주쳤다. 침을 꿀꺽 삼킬 틈도 없었다. 고든은 내가 접시를 깨뜨린 범인이라고 단정했다.

"씨×, 이 미친 #@%&, 똑바로 안 해? 이러다 누구 다치기라도 하면 어떡할 거야?"

"저 아닌데요."

나는 조심스레 항의했지만 그의 우렁찬 목청에 묻혀 들리지도 않았다.

"너 이 새끼 정신 안 차려? 내가 너 이럴 줄 알았어! 이렇게 집중력이 떨어져서야 요리를 어떻게 하냐고! 이런 썩어빠진 씨$&%$#!"

그러더니 그는 앞치마를 휙 집어던지고 주방에서 나가버렸다. 순식간에 벌어진 일이었다.

'나 아니라니까?!'

속에서 열불이 솟았지만 때는 이미 늦었다.

요리를 잘 모르는 사람들도 '고든 램지' 하면 딱 떠오르는 이미지가 있을 것이다. 상대방을 얼어붙게 만드는 험악한 표정, 틈만 나면 '삐~삐~' 하는 효과음을 삽입하게 만드는 거친 욕설들, 접시를 던지거나 산산조각 깨부수며 버럭 소리를 지르는 살벌한 모습들. 아이러니하게도 외국 시청자들은 그 모습에 열광했다. 마치 우리나라 사람들이 욕쟁이 할머니 식당에 찾아가듯이.

'욕쟁이 아저씨'라는 고든 램지의 캐릭터는 요리계의 '독설 심사위원' 이미지로 사람들에게 깊이 각인되었다. 〈마스터 셰프〉는 원래 영국 BBC 방송의 요리 서바이벌 프로그램인데, 이 프로그램의 미국판을 진행한 사람이 영국 요리사 고든 램지이고, 한국판 진행은 내가 맡게 되었다.

그러다 보니 프로그램 취지상 본의 아니게 나에게도 독설가의 이미지가 오버랩된 측면이 없지 않다.

"이건 먹을 가치도 없다고 봐요."

카메라에 낯선 내 얼굴이 클로즈업되고, 긴장감을 주는 배경음악이 쫙 깔리고, 고개를 떨어뜨린 참가자들의 표정이 교차 편집되고……. 방송을 매번 모니터링 하는 건 아니지만, 어쩌다 화면 속의 내 모습을 볼 때면 '내가 저랬나?' 싶을 때도 있다. 그리고 내 말 몇 마디에 눈물을 보인 참가자들에게 괜히 미안해지기도 한다. 마음 아프게 하려는 의도가 아니었으니까.

독설 캐릭터? 애당초 그런 건 없었다. 독하게 말하기 위해 일부러 만들어낸 캐릭터가 아니다. 연구하지 않았고 연기하지 않았으며 대사 치지 않았다. 내 모습이 화면에 어떻게 비칠지 머리 굴려본 적도 없다. 대본은 있지만 오프닝 멘트 말고는 대부분 실제 상황이었다. 난 요리사지 연기자가 아닌데 감히 연기 같은 걸 어떻게 하나? 하라는 대로 고분고분 할 사람도 아니고.

사실 촬영장 분위기는 TV 화면에 비치는 것만큼 살벌하진 않다. 카메라가 꺼지고 나면 긴장 풀린 웃음을 터뜨리기도 하고 돌아서서 서로 어깨도 두드려준다. 게다가 프로가 아닌 아마추어 요리사들이 참가한 프로그램이라 실제 주방에서 오고가는 적나라한 언어와 살벌한 분위기에 비하면 굉장히 정중하고 순하다. 제작진이 처음부터 부탁했었다. '실제 주방에서 하듯이'는 하지 말아달라고.

프로그램 콘셉트가 '경쟁, 탈락, 도전'이고 그 안에서 내가 맡은 역할이 있을 뿐이다. '독설 심사위원'이라고는 하지만 나는 '참가자가 더 잘할 수 있는 마음을 갖게 하는' 역할이다. 요리에 대한 열정과 의지가 있는 사람의 마음을 다그쳐서 도전을 계속할 수 있도록 자극을 주는 역할. 단지 말로 상처를 주기 위해서였다면 내가 굳이 그 자리에 있을 이유가 없었을 것이다.

무엇보다 참가자들의 요리에 관해서만큼은 꾸밈없이 내 생각을 말했다. 접시에 담긴 음식을 쓰레기통에 가차 없이 내버릴 때, 입 속에 있던 음식을 "이건 못 먹겠네요"라며 뱉어낼 때, 긴장한 참가자한테 "본인 요리에 만족하세요?" 같은 말들을 할 때 나는 내내 참가자의 두 눈을 똑바로 쳐다봤다. 그래야 그 사람의 요리에 대한 진심을 알 수 있으니까. 그 순간 눈썹을 살짝 치켜뜨는 표정이 언제부턴가 '강레오의 트레이드마크'처럼 돼버려 다른 연예인들이 흉내도 내고 웃음의 소재로 삼는 건 좀 쑥스러운 일이다.

그런데 방송을 몇 년 하다 보니 내 표정이나 겉모습만 보고 나에 대해 판단을 해버리거나 선입견을 갖는 이들도 적지 않다는 걸 알게 됐다. 나에 대해 못됐다, 잘난 척한다, 건방지다 같은 평가를 하는 건 아무래도 상관없지만, 내가 왜 요리사 지망생들에게 그런 말, 그런 표정을 보였는지, 그 안에 담긴 의도와 진심이 뭐였는지는 방송이라는 매체의 한계 때문에 충분히 전달하지 못했는지도 모르겠다.

그런데 과연 독설이란 게 뭘까? 왜 독설을 하는 걸까? 고든은 왜 방송에서나 주방에서나 그렇게 욕을 퍼부었고, 나는 왜 참가자들 눈에서 눈물을 뽑을 수도 있는 말들을 했을까?

단순히 상대방에게 모욕을 주는 가학적인 말과 행동이 독설의 본질이라고는 생각하지 않는다. 못되게 이야기한다고 해서 다 독설은 아니다. 중요한 건 그 말이 어떤 역할을 할 수 있느냐다.

고든은 주방에서 나는 소리에 왜 그토록 민감했을까? 자기는 열 받으면 접시를 마구 집어던지면서, 자기 레스토랑의 요리사가 실수로 접시 좀 깨뜨린 것 가지고 왜 그렇게 화를 냈을까? 조리도구 다룰 때, 접시에 음식 담을 때, 스푼 놓을 때 달그락 소리도 나지 않을 만큼 조용히 하라는 게 무슨 뜻일까? 얼핏 들으면 성질 더러운 요리사의 히스테리 정도로 보일지도 모르겠지만 중요한 점은 그가 '대체 왜' 화를 냈느냐는 것이다.

그건 그만큼 요리에 집중하라는 뜻이다. '너희가 하는 일에 온몸의 촉이 곤두서 있을 만큼 집중해서 하고 있느냐', 즉 '요리에 대한 집중력을 한순간도 놓지 말라'는 뜻이다. 성급하고 부산하게 움직일수록 쓸데없는 잡음이 많아지고 그럴수록 집중을 못 하고 있다는 증거라는 거다. 그리고 조금 더 들어가보면 '손님의 입장'을 생각하기 때문이다.

"너희가 감히 그따위 나태한 생각으로 만든 요리를 손님한테 내가는 게 말이 돼? 저 손님은 이 식당에 일부러 오셔서 이만큼의 비용을 지불하고 그 돈으로 우리 식당이 운영되고 너희 월급도 나가는 건데, 그런 손님에게 이따위로 성의 없이 요리를 할 수 있다고 생각해?"

이런 맥락이다. 거친 표현이나 욕설은 이를 전달하고 납득시키기 위한 보조 장치다. 손님을 최우선으로 생각하는 사람, 그걸 각인시키기 위해 다그치고 호통 치는 셰프. 직접 물어본 적은 없지만 나는 그렇게 이해했다. 그의 독설에 담긴 진의를.

욕쟁이 할머니가 손님들한테 걸쭉한 욕을 할 수 있는 건 자기가 한 음식이 진짜 맛있다는 전제와 자신감이 깔려 있기 때문이다. 음식은 맛이 없는데 욕만 하는 할머니의 식당에 찾아갈 사람은 없을 테니까.

독설도 마찬가지다. 아무나 할 수 있는 것도 아니고, 말만 못되게 한다고 독설이 되는 것도 아니며, 모욕감을 주려는 목적도 아니다. 진정한 독설이란 그 메커니즘을 정확히 이해해야만 할 수 있고 전달할 수 있다.

독설은 상대방을 옴짝달싹못하게 만들기 위함이다. 재빨리 코너로 몰아붙여 오른쪽으로도 왼쪽으로 못 빠져나가고, 위로 뛰어오르지도, 아래로 기어나가지도 못하게끔 하는 거다. 딱 그 위치에서 한 방을 때려줌으로써 상대방을 강력하게 일깨우려는 것이다. 마음에 상처 주려는 것이 아니라 무엇을 잘못했는지를 알려주기 위해, 그걸 단번에 알아듣게 해주는 표현을 동원할 뿐이다.

요리사를 빨리 일깨워야 하는 이유는 주방이라는 공간의 특수성 때문이다. 주방은 느긋하게 요리를 하는 곳이 아니다. 손님이 기다리는 음식이 당장 나와야 하고 그걸로 장사를 하는 곳이다. 매 순간 전쟁터나 다름없다. 아차 하는 순간에 목숨이 날아가는 전쟁터에서 제일 심한 독설은 "죽고 싶어? 너 때문에 우리 모두 죽일 셈이야!"일 터. 전장에서 군인이 실수를 저지르고 있다면 최대한 빨리 그를 일깨워서 전투를 계속할 수 있게끔 해야 할 것이다. 안 그러면 다음 순간 저세상 사람이 될 테니.

주방이 바로 그런 곳이다. 요리를 내가야 하는데 실수를 저지르고 있는 요리사라면 어떻게 해서든 빨리 일깨워서 '내가 이걸 개선하지 않으면 안 되겠구나!'라고 느끼게끔 끌고 가줘야 한다. 그래야 다음 일을 진행할 수 있고 장사를 계속할 수 있다. 옆에서 폭탄이 터지는 것 같은 긴급한 순간에 가장 빨리 일깨울 수 있는 말은 상대방 귀에 세게 박히는 말이다. 그게 독설이다.

표현상으로는 성질 더러운 놈이 하는 듣기 싫은 말이 될 수도 있고 기분 나쁜 말이 될 수도 있다. 그러나 그 속에 담긴 참뜻이 무엇인지를 들여다본다면, 독설이란 그 사람을 가장 빠르게 일깨우고 발전하게 해줄 수 있는 강력한 수단이다.

〈마스터 셰프 코리아〉 심사위원 역할을 통해, 독설이라는 형태의 설득 방법을 통해, 참가자가 더 도전할 수 있게 하고 더 나아갈 수 있게 하고자 했다. 누군가는 알아들었을 것이고 누군가는 미처 못 알아들었을 것이다. 알아들었다면 다행이고, 못 알아들었다 해도 할 수 없다. 그건 그 사람 개인의 몫이다. 요리에 진짜 열정이 있는 사람이라면 언젠가는 알게 될 테니.

한편, 그때 접시 깨뜨린 진범은 어떻게 되었느냐고? 어떻게 되긴. 주방 한구석에서 슬슬 내 눈치만 보고 있다가, 내가 고든한테 들었던 그대로 나한테 욕 한 바가지 얻어먹고 잔뜩 깨졌다.

너의 요리를 신뢰한다

음식에 대한 사랑보다 더 진실된 사랑은 없다.
_조지 버나드 쇼

"저 내일부터 안 나옵니다."

헤드 셰프인 팀 톨리에게 그렇게 말해버렸다. 어제 사고를 하도 크게 쳐놔서 면목이 없기도 했지만 정말로 그만둘 각오를 했다. 나도 할 만큼 했다고, 더 이상은 못 참겠다고. 그러나 그는 고개를 저었다.

"너 말고 수 셰프를 해고하겠어. 업무 시간에 너를 그렇게 만든 건 수 셰프 책임이 크니까."

"수 셰프를 해고하면 저도 그만두겠습니다."

"그건 안 돼."

셰프 사무실의 책상 너머에서 그는 잠시 내 눈을 쳐다보았다.

"나도 너처럼 그런 적이 있었어. 술 먹고 다 뒤집어엎었지. 그래서 지금 네 심정 충분히 이해해."

그러더니 뜻밖에도 오래전의 자기 이야기를 들려주기 시작했다. 나만큼 젊고 나만큼 힘들었던 시절에 자기가 겪었던 일을.

영국에 간 지 2년쯤 되었을 때 일하게 된 봉Vong이라는 곳은 미슐랭 쓰리스타 레스토랑을 운영하는 세계적인 요리사 장 조지의 런던 레스토랑이었다. 프렌치 타이 푸드(태국 음식을 프렌치 스타일로 변주한 음식)를 전문으로 하는 곳으로 그 전까지 내가 일했던 식당들과는 수준도 규모도 달랐다. 요리사만 스무 명이 넘고 단골손님 명단만 봐도 눈이 휘둥그레질 만했다. 할리우드 스타들이 자기 집 드나들듯 들렀는데 내가 본 유명인사만 해도 조니 뎁, 니콜 키드먼, 이완 맥그리거, 브래드 피트, 〈해리 포터〉의 배우들, 마돈나 등등 헤아릴 수 없을 정도다.

그곳에서 코미로 일을 시작한 나는 딱 한 가지만 생각했다. '셰프가 가장 필요로 하는 사람'이 되자. 미련하리만치 열심히 일해서 꼭 필요한 사람이 되는 것 말고는 다른 방법이 안 떠올랐다. 출근도 남들보다 일찍 하고, 남들 쉴 때 안 쉬고, 남들 떠들고 잡담할 때

군말 없이 일에만 집중했다. 내 일을 다 해놓고 시간이 남으면 다른 요리사들 일을 도왔다. 선배들이 찾기 전에 내가 먼저 "도와드릴까요?" 물어보고 다녔다. 헤드 셰프나 수 셰프가 "네 일은 다 했어?"라고 물어보면 완벽하게 준비해놓은 모습을 자신 있게 보여줬다. 그러면 셰프가 요리사들에게 물어본다.

" Who's in the shit?"

직역하면 '지금 똥 된 사람 누구냐?', 즉 지금 곤경에 처해서 일손이 필요한 사람이 누구냐는 뜻이다. 그러면 나는 도움이 필요한 곳에 긴급 투입된다. 샐러드가 됐든 고기가 됐든 생선이 됐든 디저트가 됐든 파트를 가리지 않고 도와주다 보니 막내임에도 불구하고 거의 모든 파트의 일들을 골고루 하게 됐다. 선배들 입장에선 일손을 돕는 막내지만 내 입장에선 그 일들을 자연스레 배운 셈이다. 골고루 배우다 보니 일이 더 재미있어지고, 일이 재미있어지니까 더더욱 내 일을 빨리 끝내려 노력하게 됐다. 부지런하게 자기 일 끝내놓고 남의 일을 도와주는 나를 선배들은 기특한 놈 내지는 필요한 놈으로 여기기 시작했다. 어느 순간부터는 원래 담당하던 선배보다 내가 더 그 일을 능숙하게 했다. 그럼 '기회'라는 게 예고 없이 찾아온다. 그 선배가 갑자기 그만두거나 다른 파트로 옮기거나 긴급 상황이 발생했을 때, 그 일을 이미 할 줄 아는 유일한 사람인 내가 자연스럽게 투입되는 것이다.

흔히 주방을 전쟁터에 비유하는 건, 언제 어떤 위기가 닥칠지 예측할 수 없는 곳이기 때문이다. 평화로운 시기에는 군인들도 정해진 직급 체계에 따라 차근차근 진급을 하지만 전쟁이 터진 상황에서는 얘기가 달라진다. 가장 크게 활약한 사람이 인정받고 진급한다. 때에 따라서는 하사가 하루아침에 장교가 될 수도 있는 게 전쟁터다.

주방도 마찬가지다. 멀쩡하게 일 잘하던 요리사라도 갑자기 손님들이 들이닥쳐 비상 상황이 되면 과부하가 걸린다. 그 순간에 항상 제일 먼저 뛰어가서 일을 도와주는 후배라면 눈에 띌 수밖에 없다. 이때 원래의 담당자보다 더 뛰어난 능력을 보여 인정받게 되면 '여기는 이제부터 네가 담당해' 또는 '네 직급은 내일부터 셰프 드 파티야' 하는 식으로 승진할 수 있었다. 말하자면 나는 '전시戰時에 필요한 사람'이었다. 코미로 들어갔던 내가 남들보다 직급이 빨리 올라 1년 반 만에 시니어 셰프 드 파티가 될 수 있었던 비결은 결국 '부지런함'이었으리라.

그건 직급 자체에 대한 욕심이 아니라 내 한계를 넘어서고 싶은 욕구였다. '나는 아직 막내 요리사니까'라든가 '내 직급은 아직 여기인 게 당연하니까'와 같은, 자기 자신에게 부여하는 정해진 기준을 내 힘으로 넘고 싶었다. 다른 요리사 위로 올라가고 싶은 게 아니라 나 자신을 뛰어넘으려고 했다. 다른 사람들과 경쟁하려 한 게 아니라 나 자신과의 경쟁이었다.

내 삶의 여정은 늘 그랬다. 남이 기준이 아니라 내가 기준이고,

남들이 뭐라고 하건 내 중심을 잃지 않는 것. 그래서 때로는 남들에게 오해를 사기도 하고 남들에게 위협이 되거나 시기심을 유발한 적도 있었지만 그건 그 사람의 문제라고 생각했다. 내가 싸울 사람은 다른 이가 아니라 나 자신이니까.

그런데 이렇게 일하다가 나 자신이 과부하에 걸린 적이 있다. '쟤는 두 사람 몫을 할 수 있는 놈'으로 인정받은 것까진 좋았는데, '쟤는 두 사람 몫의 일을 시켜도 되는 놈'이 되면서 문제가 생겼다. 감당할 수 없을 정도로 많은 일이 주어졌던 것이다. 어떻게든 해내려고 잠도 줄이고 밥도 안 먹어가며 일했는데 결국 터질 게 터지고야 말았다. 결정적인 원인은 체력적 한계였다. 그리고 그 한계를 스스로 조절 못한 탓이었다.

일이 너무 많아 꼬박 48시간 동안 잠도 못 자고 밥도 못 먹고 물만 먹으며 일한 날이었다. 체력적으로나 정신적으로나 이미 정상이 아니었다. 점심과 저녁 사이에 한 시간 반 동안 브레이크타임이 있는데, 하도 힘들고 속이 상해서 영국인 수 셰프 애런, 그리고 나와 같은 직급인 뉴질랜드 출신 동료 스티브, 이렇게 셋이서 근처 펍으로 나가서 술을 마셨다.

원래는 맥주 한 잔만 할 생각이었다. 파인트 첫 잔을 들이켜는데 너무나 시원해서 원 샷을 해버렸다. 이틀 동안 비어 있던 위장이 알코올을 좍좍 빨아들였다. 찌르르해지면서 기분이 갑자기 좋아겼다. 한 잔 더? 오케이! 한 잔 더 마시고 또 한 잔, 무려 다섯 잔째 파인트를 비워내기까지 채 20분이 안 걸렸다. 그쯤에서 멈췄어야 했다. 그런데 누가 먼저랄 것도 없이 데킬라를 스트레이트로 딱 한 잔만 마시자고 했다. 한 잔이 두 잔이 되고, 석 잔에서 끝내려고 했는데 어느 순간 나는 여덟 잔째를 원 샷으로 비우고 있었다.

시간이 다 되어 주방으로 뛰어가는데 땅이 꿀렁꿀렁 움직이면서 코앞으로 와서 부딪쳤다. 넘어지고 비틀거리며 주방까지 가긴 했지만 그 다음부터가 문제였다. 이틀을 굶은 속에 갑자기 알코올을 들이붓고 그 상태로 주방의 뜨거운 열기 앞에 서자 더 이상 버틸 수가 없었다. 갑자기 눈앞이 아찔해지면서 나도 모르게 그 자리에 주저앉았다. 선배들이 몰려와 웅성거리며 괜찮냐고 물어보는가 싶더니, 다음 순간 나는 화장실에서 변기를 끌어안고 있었다. 거기서 잔뜩 토하고 그대로 잠이 들었다. 사실은 잠든 게 아니라 기절한 것이다. 화장실 들어간 놈이 문을 두드려도 기척이 없자 동료 하나가 문을 타고 넘어와서 나를 라커룸으로 옮겨놓았다. 주방은 당연히 난리가 났다. 수 셰프도 술을 마신 상태인 데다 일손이 비었으니 일이 제대로 돌아갈 리 없었다.

뒤늦게 라커룸에서 깨어난 나는 이제 다 끝났다고 생각했다. 술이 덜 깬 채로 헤드 셰프에게 그만두겠다고 하고는 그대로 짐을 싸서 나와버렸다. 술이 완전히 깬 건 다음 날 아침. 눈을 뜨자 비로소 어제 일이 주마등처럼 스쳐 지나갔다. '아! 씨×, 큰일 났다!' 이미 사고는 쳐놨고, 쪽팔리기도 하고, 셰프 볼 면목도 없고. 어쨌든 맨정신에 사과하고 정식으로 그만둔다는 얘길 하려고 레스토랑으로 갔다. 그리고 셰프 사무실에 가서 그동안 힘들었다는 얘길 마지막으로 했다. 열심히 일했지만 더 이상 감당할 수 없었노라고, 이틀 반 동안 밥 한 끼 못 먹고 일했던 거라고, 어쨌든 내가 잘못했으니 그만두겠다고.

바로 그때, 내 얘기를 묵묵히 듣고 있던 팀 톨리 셰프가 뜻밖에도 자기 이야기를 들려주기 시작한 거다.

"나도 너처럼 그런 적이 있었어."

미국 출신인 그는 불우한 청소년기를 보냈다고 했다. 가난한 집에서 자라 비행 청소년이 되어 마약이며 온갖 나쁜 짓을 저지르며 방황했다고. 바로 그때 만난 사람이 장 조지 요리사였다. 그의 도움으로 재활치료를 받고 요리학교에 다니며 새로운 인생이 시작됐다. 그런데 어느 날 장 조지의 뉴욕 레스토랑에서 딱 나만 한 나이에 나와 같은 이유로 술을 먹고 사고를 쳤단다. 그러나 장 조지는 그의 심정을 이해해주고 다시 기회를 줬다고 했다.

"그때 셰프가 나를 용서해주고 기회를 줘서 지금 내가 이 자리에 있을 수 있는 거야. 그래서 지금 네 심정이 어떤지 나도 잘 알아. 한 번은 괜찮아. 한데 두 번은 안 돼. 너도 이번 일을 계기로 다시는 안 그랬으면 좋겠다."

그의 이야기를 들으며 아무 말도 할 수 없었다. 야단을 맞고 쫓

겨날 줄 알았는데 오히려 그동안의 응어리가 눈 녹듯이 풀어져버렸다.

그 일로 요리사들 관리에 책임이 있는 수 셰프는 월급 감봉이라는 징계 처분을 받았다. 그리고 나는 계속 일을 하되 내 밑으로 요리사 한 명이 더 붙었다. 팀 톨리의 말대로 그 뒤로 나는 충동적으로 사고 치는 실수를 두 번 다시 저지르지 않았다.

몇 달이 지나, 오너인 장 조지가 레스토랑을 방문했다. 그가 상주하며 주로 관리하는 곳은 뉴욕에 있는 레스토랑이고, 런던 레스토랑은 1년에 서너 번쯤 들르며 시즌 메뉴를 점검하곤 했다. 그 당시엔 초음속 여객기 콩코드가 대서양을 두세 시간 만에 오갈 때여서(사고와 경제성 등의 이유로 2003년에 운행을 중단했다) 장 조지는 뉴욕과 런던을 자주 왔다 갔다 했다. 손님보다도 오히려 중요한 분이기에 그가 오면 보통 헤드 셰프나 수 셰프가 음식을 준비한다. 그런데 그날은 헤드 셰프 팀 톨리가 나를 부르더니 뜻밖의 지시를 내렸다.

"오늘 장 조지에게 드릴 음식은 레오가 해봐."

장 조지에게 내 손으로 직접?! 믿을 수 없을 만큼 설레기도 하고 또 긴장되는 순간이었다. 나는 그 어느 때보다도 열심히, 그리고 정성스럽게 음식을 준비했다. 중요한 분에게 내갈 음식이기도 했지만 나를 믿고 일을 맡겨준 팀 톨리 셰프를 실망시키고 싶지 않았다. 지난번에 했던 실수를 만회하고 신뢰감을 주고 싶었다.

장 조지는 다행히도 내가 서비스한 음식을 만족스러워했다. 뿐만 아니라 자신의 책에 손수 사인까지 해서 선물해주었다. 사인 옆엔 이런 글귀가 씌어 있었다.

'I trust your plate(너의 요리를 신뢰한다).'

그 글귀를 한참 동안 들여다보며 말로 다할 수 없는 뿌듯함을 느꼈다. 힘들었던 지난 시간들을 한꺼번에 보상받는 기분이었다. 그리고 그동안 내가 성장할 수 있도록 챙겨주고 믿어준 팀 톨리 셰프가 정말 고마웠다.

전쟁터에는 아군이 있고 적군이 있지만, 간혹 주방이라는 전쟁터엔 적군만 있고 아군은 아무도 없는 것처럼 느껴질 때가 있다. 영어가 서툴렀던 초창기엔 선배 요리사들이 하는 욕설이나 비속어를 다 알아듣지 못해 바보 취급당하기도 했고, 자기들보다 몸집이 작은 동양인이라고 노골적으로 괴롭혀도 꾹 참고 견뎌야 했다. 살갑게 대해주는 이들보단 대놓고 무시하는 이들이 더 많았다. 그들보다 몇 배 열심히 해서 실력을 증명해 보여도 오히려 견제하거나 곱지 않은 시선을 보내기도 했다. 부당하다고 느낀 적, 말할 수 없이 많았다.

그럼에도 불구하고 '전시에 꼭 필요한 존재'가 되기 위해 죽을힘을 다할 때, 그 노력의 가치와 진정성을 알아봐주는 사람들은 반드시 있었다. 장 조지 레스토랑에는 내 심정을 이해해주고 기회를 준 팀 톨리 셰프가 있었고, 그 다음 일터인 피에르 코프만 레스토랑에는 마치 친형처럼 나를 챙겨준 선배 라파엘이 있었다.

얼마 전에 인기리에 방영되었던 드라마 〈미생〉을 나 역시 재미있게 봤다. 극중 인물들 같은 직장 생활을 한 적은 없지만 왠지 공감이 갔다. 낯선 회사 생활에 힘들어하던 주인공 장그래를 김 대리가 챙겨주고 이끌어주는 모습을 보면서, 문득 예전의 내 모습과 라파엘이 떠올랐다. 월급도 못 받고 허드렛일을 하던 라 탕 클레어에서의 첫 달, "셰프께서 금방 인정해주실 거야. 하던 대로 열심히 해봐" 하고 격려해준 사람이 바로 라파엘이었다. 정식으로 일하게 된 뒤에도 밥은 먹고 다니냐며 동생 챙기듯 나를 챙겨줬고, 어디 가면 좋은 칼을 구할 수 있는지, 주방에서 오래 서서 일하기에 좋은 신발은 어디서 살 수 있는지 같은 소소한 팁들을 알려주기도 했다. 코프만 셰프로부터 생선 요리를 배울 때 특수 바늘을 사용하는 요령을 일러준 사람도 바로 라파엘이었다.

돌이켜보면 주방에서의 시간은 어느 한 순간도 위기가 아닌 적이 없었다. 지금은 아무렇지 않게 이야기할 수 있게 되었지만 그 당시에는 하루하루가 한 치 앞도 예상할 수 없는 지뢰밭이었다. 하지만 노력하는 자에게 손 내밀어주고 이끌어주는 선배들과 스승들이 존재하기에 주방은 마냥 외로운 전쟁터가 아닌 뜨거운 무대가 된다.

새로운 요리 인생의 첫발

좀 더 많은 사람들이 축적된 금보다는 음식과 활기와 노래를 소중히 여긴다면,
세상은 더 즐거워질 것이다.
_J.R.R 톨킨

"레오, 내가 미슐랭 쓰리스타 레스토랑의 셰프였을 때 내 나이 스물세 살이었다네. 자네도 얼마든지 할 수 있어. 지금 자네 실력이면 런던에서 작은 레스토랑 정도는 오픈할 수 있을 거야. 내가 도와주지."

2004년 말, 런던을 떠나 두바이로 가기 직전에 나는 피에르 코프만 셰프를 찾아뵙고 작별인사를 드렸다. 그는 아쉬워하는 기색이었다. 그러면서 선택에 후회는 없는지 여러 번 물었다.

어쩌면 나는 다른 선택을 할 수도 있었다. 그의 조언처럼 런던 어느 골목에 조그마한 레스토랑 하나 차리는 것쯤은 마음만 먹으

면 얼마든지 가능했을 것이다. 그러나 나는 이렇게 대답했다.

"지금은 자신이 없습니다. 음식을 만들 수는 있겠지만, 누군가를 흉내 낸 음식으로 레스토랑을 차리고 싶진 않습니다. 다른 누군가의 음식과 똑같이 만들어서 그 음식으로 칭찬을 받고 싶진 않아요. 뭔가 저만의 스타일이 확실히 생겼을 때 제 이름을 걸고 오픈하고 싶습니다."

그는 고개를 끄덕이며 빙긋 웃었다. 그로부터 10년도 더 지난 지금까지 내 선택을 후회해본 적은 없다. 피에르 코프만의 음식이나 고든 램지의 음식을 흉내 내지 않기로 한 것을, 누군가의 아류는 되지 않겠다는 선택을.

내 요리의 정체성에 대한 진지한 고민이 그때 이미 시작되고 있었다.

♧

런던에 간 지 4년쯤 지나고부터 주방에서의 내 직급과 역할은 달라지기 시작했다. 나는 더 이상 머나먼 아시아에서 온 과묵한 막내가 아니었다. 어느덧 유창하게(?) 영어 욕설들을 구사하며 내 밑의 요리사들을 다그칠 수 있게 됐다.

맨 처음 주니어 수 셰프라는 직급에 오른 건 2002년 라 탕 클레어에서였다. 그보다 위에 있는 수 셰프가 되면서부터는 다른 레스토랑들로 이직을 할 때 경력을 인정받고 계속해서 높은 위치로 갈 수 있었다. 직급이 달라졌다는 건, 단순히 요리만 열심히 하는 것에서 차차 벗어나 다른 요리사들이 한 음식을 점검하고 주방을 책임지는 역할들을 맡게 되었다는 뜻이다.

이미 연로해진 피에르 코프만 셰프가 라 탕 클레어의 문을 닫고 잠정 은퇴를 선언하면서(몇 년 뒤 새로운 레스토랑을 다시 열었다) 2002년 말경에 내가 가게 된 곳은 프랑스의 세계적인 요리사 피에르 가니에르의 런던 레스토랑 스케치Sketch다. 요리사 45명 가운데 내 밑으로 40명이 있었으니 제법 높은 직급으로 간 셈이다.

당시 오픈 초기였던 스케치는 영국에서도 큰 이슈가 된 레스토랑이다. 런던 시내에서도 가장 노른자위에 해당하는 자리, 무려 400억 원에 육박한 오픈 비용, 크리스찬 디오르의 디자인, 그리고 영화 〈엑스맨2〉의 개봉 당시 오프닝 파티를 주최했던 것으로도 화제가 됐다. 오프닝 파티의 하루 매출만 10억 원에 달했다고 한다.

라 탕 클레어의 요리가 정통 프랑스 요리였다면, 스케치의 요리는 프렌치에 아시안 스타일을 접목한 요리다. 그런데 라 탕 클레어에서는 모든 음식을 내가 직접 만들었던 반면, 이곳에서는 내 밑의 요리사들이 만든 요리를 테이스팅해주고 손님한테 내가기 전에 접시에 프리젠테이션하는 걸 최종적으로 완성시키는 일을 했다. 일종의 관리자 느낌이랄까.

처음부터 높은 직급으로 들어간 거니까 이젠 그런 일들을 하는 게 당연했다. 그런데 얼마 지나자 왠지 맥이 빠지는 느낌이었다. 재미가 없었다. 관리하고 지시하고 감독하는 역할들이. 오히려 몸은 훨씬 힘들었어도 열심히 요리를 배우고 내 손으로 직접 음식을 해내던 라 탕 클레어에서의 시간들이 내겐 더 소중했는지도 모른다. 나는 좀 더 '음식을 만드는 사람'이고 싶었다.

어느 날 피에르 코프만 셰프가 라 탕 클레어에서 일했던 요리사들을 집으로 초대했다. 나더러 조금 일찍 오라고 하더니 초대음식 준비하는 일을 거들어달라 부탁했다. 함께 굴도 까고 테이블을 준비하면서 이런저런 이야기를 나눌 수 있었다. 당시 나는 스케치에서 일한 지 6개월쯤 되던 시점이었다. 레스토랑을 접고 쉬고 있는 셰프를 주방이 아닌 곳에서 뵙고 있자니 예전에 혼나던 생각도 나고 추억도 떠올라 오랜만에 마음이 편해졌다. 마치 내 속을 꿰뚫어 본 듯 그가 먼저 물었다.

"일은 할 만한가?"

"제가 생각했던 것과는 다르네요. 솔직히 재미가 없어요. 그만두고 싶어요."

"그럼 어디로 가고 싶은데?"

"저도 잘 모르겠어요. 고든 램지의 레스토랑에서 일해보는 것은 어떨까요?"

부연설명을 하자면, 피에르 코프만은 대단히 클래식한, 더 이상 정통적일 수 없을 정도로 정통 프랑스 요리를 하던 요리사다. 유명 셰프들이 이견 없이 엄지손가락을 치켜세우는 셰프, 뉴욕에서 활약하는 장 조지 같은 사람도 런던에 들를 때면 가장 먼저 달려가 안부 인사를 올리는 셰프, 유럽 요리사들의 스승 같은 존재. 때문에 피에르 코프만의 레스토랑을 나와서는 영국에선 더 이상 갈 데가 없다고 해도 지나친 말은 아니었다.

그런 데다가 주방에서의 내 위치가 전과 달라지는 시점이기도 해서 나 역시 이런저런 변화와 갈등을 겪었던 것이다. 그때 문득 떠올렸던 곳이 고든 램지의 레스토랑이었다. 사실 고든 램지는 피에르 코프만의 제자의 제자뻘 되는 요리사다. 코프만 셰프 입장에서는 까마득한 어린 후배 한 사람이자 그냥 '귀여운 놈' 정도였다. 당시 영국에서 인기가 올라가고 있을 때였는데 방송에서뿐만 아니라 실제 주방에서도 무섭고 독하기로 악명이 높아서 웬만한 요리사들은 고든 램지 밑에서 일하기를 기피했다.

그런데 나는 오히려 그런 이유 때문에 일종의 도전의식 비슷한 게 생겼다. 그토록 악명 높다는 사람 밑에서 한 살이라도 더 젊을 때 나를 한번 던져보고 싶었다. 결국 스케치에서 1년 남짓 일하고는 2003년 말쯤에 미슐랭 쓰리스타를 받은 런던 첼시의 고든 램지 레스토랑으로 옮겼다. 수 셰프의 직급을 포기하고 바로 아래 직급인 시니어 셰프 드 파티, 요리사 25명 중 내 밑으로 20명을 거느리는 위치로.

영어도 서툰 상태로 런던에 도착해 좌충우돌하던 시절에 비하면 참으로 많은 것이 달라져 있었다. 요리사로서 성장했을 뿐만 아니라 주방에서의 직급도, 그에 따른 연봉도 올라갔다. 머나먼 한국에 계신 부모님께도 아들이 이만큼 열심히 해서 자리를 잡았노라고 떳떳하게 소식을 전할 수 있게 됐다. 그러나 오히려 그때부터 내겐 채워지지 않는 무언가가 생겨나기 시작했다.

고든 램지 레스토랑으로 옮긴 뒤로도 다시 다른 몇 군데를 거쳤다. 고든 램지의 여러 레스토랑 가운데 런던의 최고급 호텔인 사보이 호텔에 있는 레스토랑에 파트타임으로 파견 근무를 나가기도 했다.

유럽 스타일 일식 레스토랑 주마Zuma에서는 수 셰프로 일했는데 이곳은 하루 매출만 우리 돈으로 7천만 원에서 1억 원씩 올리던 런던의 일급 레스토랑 가운데 하나다. 그리고 얼마 뒤에는 런던을 떠나 두바이에 있는 고든 램지 레스토랑에 가서 헤드 셰프로 일하게 됐다. 두바이에는 고든 램지 레스토랑 두 곳이 있는데 하나는 캐주얼다이닝이고 하나는 파인다이닝 레스토랑이다. 나는 그중 베르Verre라는 파인다이닝 레스토랑을 맡았다.

두바이에서의 경험은 런던에서와는 또 다른 것이었다. 일단 무더운 기후 탓에 모든 식당이 점심 영업을 안 하고 저녁만 하다 보니 시간 여유가 굉장히 많아졌고, 아랍의 부호나 VIP 손님을 대상으로 만찬 음식을 만들거나 주재원과 대사 부인들을 대상으로 쿠

킹 클래스를 주최하면서 그 지역 특유의 호화로운 문화들도 적잖이 접했다. 내가 맡은 레스토랑이 좋은 평가를 받아 3년 연속 중동의 베스트 레스토랑으로 뽑히고 2005년도엔 '월드 페이버릿World Favorite 레스토랑' 100위 안에 선정되었던 일도 레스토랑 책임자로서 보람이라면 보람이었을 것이다.

그러나 이 모든 게 내겐 별로 의미가 없었다. 아무리 내가 헤드셰프의 위치에 있었어도 그곳은 결국 '고든 램지의 레스토랑'이었다. 아무리 내가 혼신을 다해 음식을 만들고 그 요리가 음식평론가로부터 좋은 평가를 받았어도 그 요리는 결국 '고든 램지의 요리'였다. 고든은 이미 영국뿐만 아니라 여러 나라에 매장을 확장하고 있었기 때문에 두바이에도 기껏해야 1년에 서너 번 오는 상징적인 존재에 가까웠지만, 내가 아무리 열심히 한다 해도 결국은 동양인이 고든 램지 레스토랑을 대표하는 요리사로 인정받긴 어렵다는 걸 직시하게 됐다.

그렇다면 런던으로 되돌아가야 할까? 그건 더더욱 아니었다. 런던의 여러 레스토랑에서 비교적 높은 직급으로 일했을 때조차 때로는 텃세 때문에, 때로는 보이지 않는 미묘한 차별 때문에 그보다 더 위의 직급은 선뜻 내주지 않으려 하던 현실을 경험했기 때문이다. 이를테면 주방에서 하는 실질적인 업무는 수 셰프의 일인데, 주는 직급은 그 아래인 시니어 셰프 드 파티인 채로 그 이상 올려주지 않는 식이다. 두바이의 고든 램지 레스토랑으로 이직해 헤드 셰프가 되었다 한들, 나는 여전히 고든 램지라는 이름 뒤에 있는 존재에 불과했다.

시간도 여유롭고 몸도 편안한 두바이에서 나는 그 어느 때보다도 재미가 없었다. 그건 단지 직급에 대한 불만 때문은 아니었다. 내가 결코 뛰어넘을 수 없는 그 무언가에 대해, 다른 누군가의 이름으로 다른 누군가의 요리를 한다는 것에 대해, 고민하고 또 고민했다.

영국에서 일한 모든 곳에서 만난 훌륭한 요리들과 요리사들을 차례로 떠올렸다. 장 조지의 음식, 피에르 코프만의 음식, 피에르 가니에르의 음식, 고든 램지의 음식, 주마의 음식…… 접시만 봐도 딱 알 수 있을 만큼 확실한 개성과 스타일을 지닌 각각의 시그니처 디시들.

모두가 훌륭한 요리였지만, 그건 어디까지나 '그들의' 요리였다. 나는 '그들의' 요리를 할 줄 알게 되었지만 그렇다고 그게 '내 요리'인 건 아니지 않은가? 예를 들어 피에르 코프만의 시그니처 디시들은 그가 라 탕 클레어의 문을 닫고 난 뒤에도 단골손님들이 그 맛을 기억하고 일부러 찾아올 만큼 특별한 존재감을 지니고 있었다. 과연 나는 사람들의 기억에 두고두고 남을 만한 나만의 요리를 내놓을 수 있을 것인가? 아니다, 아직은 아니었다.

그러자 문득, 이만큼 했으면 됐다 싶었다. 지금까지의 모든 시간들과 경험들로 인해 요리사로 성장할 수 있었지만, 힘들었던 시간들이 내 성장의 동력이 되어주었지만, 정작 내가 진정으로 원하는 요리사의 모습으로 가고 있지는 않다는 걸 깨달았다.

이대로 계속하다간 결국 피에르 코프만의 아류, 고든 램지의 아류, 주마의 아류 요리를 하는 동양인 요리사로만 남을 것임을 깨달았다.

물론 코프만 셰프가 내게 제안했던 것처럼 런던에 작은 레스토랑이라도 하나 차리는 걸 고려해볼 수도 있었다. 그것만으로도 요리사로서는 얼마든지 훌륭한 길이 될 수 있었다. 그러나 다른 서양인 요리사였더라면 어떤 스타일의 요리를 하든 어차피 자기 나라나 자기네 문화권의 음식을 이어가는 일이었겠지만, 나는 피부색이 다르고 문화가 다른, 즉 그들과 정체성이 다른 동양인 요리사였다. 동양인이 오픈하는 레스토랑에 대해 사람들은 결국 동양적이고 한국적인 색다른 뭔가를 기대할 것이다. 그런 뭔가를 창조해낼 수 있는 뚜렷한 한국적 색깔이 당시의 나에게는 부족하다는 걸 나 스스로 인정할 수밖에 없었다.

내 이름을 걸고 내 정체성을 담은 요리를 한다? 결국 한식을 제쳐놓고서는 내 이름과 내 정체성과 내 존재감을 떳떳하게 드러낼 수 있는 요리를 세상에 내놓을 순 없으리라. 그렇게 생각하자 내가 두바이를 떠나 어디로 가야 할지에 대한 해답이 나타났다. 가슴속의 답답했던 체증이 그제야 서서히 풀리기 시작했다.

2006년, 나는 한국행 비행기를 탔다. 두바이에서의 마지막 밤, 내일부터 모든 게 원점에서 다시 시작될 것임을 예감했다. 나의 본격적인 요리 인생이 이제야 첫발을 뗄 것임을.

열일곱 종로, 스물둘 런던

군대도 먹어야 진군한다
An army marches on its stomach.
_나폴레옹

그날도 학교를 땡땡이쳤다. 교복을 사복으로 갈아입고는 집이 있는 남양주에서 서울 시내로 가는 버스를 탔다.

버스 종점인 종로 5가에서 내려서 하는 일이라곤 무작정 걷기였다. 종로 5가에서 3가로, 종각으로, 광화문으로, 퇴계로로, 혜화동으로, 북촌이나 서촌으로…… 하루 온종일 걷기만 하는 날도 있고, 단성사나 피카디리 극장 같은 데서 영화를 보는 날도 있고, 혜화동에서 연극을 보는 날도 있었다. 혼자 걷고, 출출하면 혼자 밥 먹고, 혼자 놀았다. 날이 어두워지면 다시 종로 5가로 걸어가서 집으로 가는 버스를 탔다. 집에 갈 땐 다시 교복을 갈아입고 학교에서 돌아오는 척했다. 얼마 안 가 어머니에게 들키고 말았지만.

이미 중3 때부터 내 장래희망은 요리사였다. 가장 자신 있는 일도 요리, 가장 재미있는 일도 요리. 그래서 막연히 장차 호텔 주방장이 되면 좋겠다고 생각했다. 목표가 뚜렷해지자 학교 수업이 별 의미가 없었다. 내가 하고 싶은 일은 따로 있는데 왜 꼭 교실에 앉아 있어야 하는지 납득할 수 없었다. 그러면 어떻게 해야 하나? 요리사가 정말 될 수는 있을까? 앞날에 대한 고민으로 늘 가슴이 답답했다. 종일 무작정 걸으면서 정말 많은 생각을 했다. 미래에 대해, 나 자신에 대해.

하루는 혜화동에서 한참 쏘다니다가 다시 종로 5가로 오는데, 그날따라 큼직한 간판 하나가 눈에 들어왔다. '요리학원'이었다. 요리사가 되겠다는 생각만 했지 요리학원을 다닐 생각은 해본 적이 없었다. 그런데 왠지 그 간판이 자꾸 눈에 밟혔다. 요리사 자격증이라는 걸 한번 따볼까? 뭘 가르쳐주는지 궁금하기도 해서 그길로 요리학원에 등록했다.

처음엔 어머니가 학원비를 조금 보태주셨지만 내 손으로 직접 마련하고 싶었다. 그래서 호프집 주방에서 아르바이트를 했다. 어렸을 때부터 음식 만드는 게 익숙했기 때문에 과일이니 화채니 소시지야채볶음이니 하는 호프집 안주쯤은 어려울 것도 없었다. 건달 출신이라는 주방장 아저씨는 엄청 무시무시하게 생긴 데다가 게으르기까지 해서 온갖 허드렛일은 다 나를 시켰다. 게다가 양배추를 썰라면서 회칼을 주는데, 그 무지막지한 칼로 양배추를 수십 통씩 썰다 보면 하루도 손이 성할 날이 없었다. 하지만 덕분에 칼질 하나는 눈 감고도 할 수 있는 실력이 생겼다.

어쨌든 그렇게 아르바이트를 해서 요리학원을 몇 달 다녔다. 아주머니들과 젊은 주부들 사이에서 남자 고등학생은 나 하나였다. 결과적으로 한식과 양식 자격증을 따긴 했지만, 별로였다. 실망스러웠다. 더 배우고 싶고 더 일하고 싶은 갈증만 커졌다.

소, 돼지, 양, 닭, 오리, 토끼…… 고기란 고기는 다 있었다. 냉동 상태의 고깃덩어리를 통째로 썰려면 전기톱을 써야 했다. 냉동이라 손이 시리니 원래는 장갑을 세 겹은 껴야 하는데 선배들은 맨손으로 하라고 했다. 장갑 끼고 하다 잘못하면 장갑이 톱에 빨려 들어가 손까지 썰릴 수 있다고. 하는 수 없이 맨손으로 전기톱을 다뤘다.

하루에 써는 고기 양만 1톤은 되었다. 다행히 손이 잘리는 사고는 없었지만 크고 작은 상처가 끊일 날이 없었다. 서울 시내에 있는 국내 굴지의 호텔 식당, 그 안에 있는 정육 파트에서 일할 때 내 나이 열아홉이었다. 나중에 알게 된 일이지만 원래 미성년자에게는 전기톱을 사용하게 하면 안 된다. 그러나 그곳 선배들은 아무도 신경 쓰지 않았다.

언 고기를 써는 일부터 해체 작업, 발골 작업, 소시지 만드는 일까지, 고기에 관한 한 거의 모든 일을 했다. 닭 한 마리쯤은 눈 감고도 십수 초면 해체할 수 있게 됐다. 이때 익힌 기술이 나중에 영국 가서 일할 때 엄청나게 도움이 되리라는 걸 그땐 미처 몰랐다. 정육 파트에서 일하다가 다른 부서에서 일손이 필요하면 어디든 달려갔다. 뷔페 파트의 김밥 마는 일부터, 심지어 행사 때 쓰는 장식용 얼음 조각하는 일까지 도왔다.

그러나 거기서 1년쯤 일하자 '내가 지금 여기서 뭐하고 있지?' 하는 회의감이 극에 달했다. 열댓 명쯤 되는 정육 파트 선배들은 하나같이 험한 인생을 산 거친 사람들이었다. 입에서 나오는 건 쌍욕밖에 없고 늘 술, 담배에 절어 있었다. 시뻘건 고깃덩이 사이에서 걸핏하면 자기들끼리 언성 높이며 치고받고 싸우는데 손에 칼들을 들고 있으니 조마조마했다. 더 이상 이런 데서 일하고 싶지 않았다. 미래가 보이지 않았다. 나중에 나이 들어서 저 어른들처럼 살고 싶진 않았다. 기왕 요리사가 되기로 했으면 제대로 된 곳에서 제대로 배우고 싶었다. 설령 그곳이 한국이 아닐지라도.

비행기에서 내렸을 때 바깥은 깜깜한 오밤중이었다. 가을 밤공기가 몹시 쌀쌀하고 바람도 많이 불었다.

길고 지루한 비행 끝에 도착한 낯선 땅. 비행기 삯을 조금이라도 아끼느라고 직항을 안 타고 서울에서 일본 나리타 공항을 경유하는 노선을 택했다. 어찌어찌해서 영국 히드로 공항에 무사히 오긴

했는데 밤중이라 모든 게 막막했다.

런던 시내에 있는 홈스테이 숙소로 가려고 공항에서 택시를 탔다. 밤이라서 창밖으론 아무것도 보이지 않았다. 불빛도 없고 인적도 없는 을씨년스러운 허허벌판이 이어졌다. 여기가 정말 영국인가? 실감이 안 났다.

한 시간쯤 달렸을까, 기사가 다 왔다며 내려줬다. 골목이 어두컴컴하다 보니 여기가 맞는지 더더욱 미심쩍었다. 곧바로 유학원에 전화를 걸어 확인했더니 맞게 찾아온 거란다. 그제야 긴장이 좀 풀렸다.

머나먼 영국 땅에서의 첫 밤이었다. 고등학교 졸업하자마자 군대 갔다 와서 제대한 게 지난달이었다. 제대로 요리를 배우고 싶었던 오랜 꿈이 드디어 현실이 되었다. 앞으로 무슨 일이 벌어질지 알 수 없었지만, 집주인이 마련해둔 잠자리에 눕자, '에라 모르겠다!' 싶으면서 어쩐지 마음이 편해졌다. 그리고 참 신기하게도 시차도 없이 달게 잠을 잤다. 마치 그 나라에서 원래 살았던 것처럼.

영어가 서툴렀기 때문에 다음 날 어학원부터 갔다. 하지만 다른 말은 별로 필요가 없어서 딱 한 마디만 연습했다.

"I'm looking for the job(일자리를 구합니다)."

런던 시내 곳곳의 레스토랑들을 다니며 이 한 마디 하고 이력서 내밀고 하기를 수십 번. 얼마 뒤 한 곳에 취직이 되어 저녁에 일을 하게 되었고, 뒤이어 샌드위치 가게에서 아침 일도 구했다. 아침저녁으로 자전거 타고 다니며 파트타임으로 아르바이트를 하고 낮에는 또 다른 레스토랑들을 다니며 계속 새로운 일자리를 구했다.

영어? 처음엔 별로 안 늘었다. 웬만한 관광객만큼도 못했을 거다. 그런데 그게 오히려 주방에선 도움이 됐다. 젊은 놈이 말도 거의 안 하고 시키는 일만 열심히 하니까.

언어도 서툴고 가진 거라곤 몸뚱이밖에 없는 나날들. 그때 다짐한 건 딱 하나였다. 여기서 요리사로 승부를 보기 전까진 절대 한국으로 돌아가지 말자.

1997년에 영국에 갔다가 2006년에 한국으로 돌아오기까지 햇수로 10년. 20대를 꼬박 주방에서만 살았다. 한국을 떠날 때 다짐한 것처럼 나는 요리사가 되어 돌아왔다. 훌륭한 요리사들 밑에서 일했고 좋은 스승들을 만났다. 한국에 와서는 방송이라는 것도 하게 됐다.

마흔 살이 된 지금, 20대 때 겪었던 수많은 일들은 이제 희미한 기억이 됐다. 굳이 과거를 되새기는 성격이 아니라서 지난 일을 떠올려보는 게 쉽지는 않았다. 어떤 시기의 일들은 정말로 기억이 살 안 난다.

어떤 이들은 '스무 살 청춘으로 돌아갈 수 있다면 얼마나 좋을까?'라고 하는데 나는 그 말이 이해가 안 된다. 20대 때 너무나 힘들었기에 절대 그때로 다시 돌아가고 싶지 않다. 그 시절을 어떻게 지나와서 힘들게 지금까지 왔는데 그걸 또 하라고? 죽어도 못할 것 같다. 요리사가 된 걸 후회한다는 뜻이 아니라, 그 길을 걷는 매 순간, 두 번 다시 되풀이할 엄두가 안 날 정도로 내 모든 에너지를 바치며 살았단 뜻이다.

후배 요리사들이나 요리사 지망생들에게 "요리사가 되려면 나처럼 해야 돼"라고는 절대 하지 않는다. 저마다의 인생이 각각 다 다른데 감히 어떻게 "나처럼 하라, 나처럼 살라"고 말할 수 있겠는가? 같은 요리사라고 해도 각자의 경험들이 다르기 때문에 어떤 삶이 맞고 틀리다 말할 수 없다. 중요한 것은 그 길을 선택하는 자기 자신을 얼마나 믿고 있느냐다. 남들이 뭐라고 하건, 부모가 뭐라고 하건, 다른 누구도 아닌 나 자신이 나를 믿을 수 있어야 한다.

요리사가 되기로 작정한 다음의 시간들이 순탄한 적은 한 번도 없었다. 고등학생 신분으로 요리학원에 다니고 큰 호텔 주방에서 일도 해보았지만, 내가 앞으로 어떤 모습으로 살 것인가에 대한 확답은 아무 데서도 얻을 수 없었다.

한국이 아닌 외국에서 요리를 배워야겠다는 결심을 하게 된 계기는 우연히 찾아왔다. 열아홉 살, 호텔 주방에서 정육 일을 하던 무렵이었다. 하루는 주방의 모든 요리사들이 구경할 게 있다며 우르르 몰려갔다. 나도 뭔가 싶어 가봤더니, 프랑스에서 온 유명한 요리사라는 사람이 기술 전수인지 뭔지 어떤 요리를 만들어 보이고 있었다. 신기했던 건 그 요리사가 요리하는 모습이 아니라 그걸 지켜보는 사람들이었다. 다들 진지한 눈빛으로 집중을 하며 심지어 꼼꼼하게 메모들을 하느라 여념이 없었다. 그 광경이 내겐 신선한 충격이었다.

'아, 외국에선 요리사라는 직업이 이토록 존중받고 존경받고 우러름을 받는 존재구나.'

그때만 해도 우리나라에서 요리사란 그다지 존중받는 직업이 아니었다. 더구나 남자가 요리를 한다고 하면 "사내자식이 요리는 무슨?"이라는 말부터 나왔다. 그런데 그날 호텔에서 스포트라이트를 받으며 요리를 선보이던 서양인 요리사의 모습은 요리사라는 직업에 대한 관념 자체를 바꿔주었다. 나도 외국에 나가서 요리를 배우면 저 사람처럼 존중받을 수 있지 않을까? 나도 모르게 먼 훗날 나의 모습을 그 요리사와 중첩시켜 상상하고 있었다. 테이블 앞에서 내가 멋진 요리를 선보이는 모습. 그리고 사람들이 나를 지켜보며 메모를 하는 광경을. 저렇게 존중받는 일을 하는 사람이 되고 싶었다. 그리고 그렇게 성장할 수 있는 나 자신을 믿었다.

영국에 가겠다고 신언했을 때 어머니는 나를 믿어주셨지만 아버지는 강하게 반대하셨다. 반대 정도가 아니라 몽둥이를 휘두르며 노발대발하셨다. 사내자식이 요리사가 되겠다니 창피하게 그게 무슨 소리냐고. 그날 밤 처음으로 아버지와 마주 앉아 대작을 했다. 그리고 진지하게 말씀드렸다. 오래전부터 꿈꿨던 일이라는 얘기부터 호텔에서 본 그 외국인 요리사에 대한 이야기까지.

"아버지가 절 믿든 안 믿든 상관없어요. 제가 저 자신을 믿는데, 아버지가 저를 안 믿는다는 게 가지 말아야 할 이유는 될 수 없잖아요. 아버지가 원하는 인생이 아니라 제가 저 자신한테 원하는 인생을 살 겁니다."

그날 아버지는 속상하셨는지 과음을 하셨다. 나도 잔뜩 취해버렸다. 너무 취한 나머지 말이 헛나가서 어머니에게 "여기 메뉴판 좀 갖다주세요!" 했던 기억이 난다. 내가 말해놓고도 깜짝 놀라고 어머니도 어이가 없어서 웃음을 터뜨리셨던 것 같다.

그리고 얼마 뒤 한국을 떠났고, 낯선 땅에서 혈혈단신으로 미래에 대한 아무런 보장 없이 일을 시작했다. 그러나 앞날에 대한 불안감은 없었다. 원래 혼자 쏘다니고 혼자 밥 먹는 데 익숙해서인지 외롭지도 않았다. 늘 바쁘게 일해서 향수병도 거의 모르고 살았다.

그리고 보면 열일곱 살 때의 종로든 스물두 살 때의 런던이든 내겐 그리 다르지 않았던 것 같다. 믿을 수 있는 건 오로지 나 자신뿐이라는 것, 내가 나를 믿어줘야 한다는 것, 그것만 중요했다. 그리고 그건 지금도 앞으로도 마찬가지다.

저기 어딘가에 내 어머니가

음식이란 가장 원시적인 형태의 위안거리다.
_캘빈 트릴린

흰쌀을 볶아 잘게 갈고, 갖은 채소들도 형태가 없어질 때까지 갈아 육수에 넣고 끓인다. 뭉근하게 끓여 퓌레 형태가 되면 아무것도 첨가하지 않고 소금 간만 살짝 한다. 채소와 쌀을 재료로 만든, 건더기 없는 부드러운 수프다.

어머니는 항암치료 중이라 음식을 통 입에 대지 못하셨는데 그나마 내가 만든 수프는 한두 숟갈이라도 뜨는 시늉을 하셨다.

그날따라 마음이 울적했다. 의사가 말한 대로 가망이 없다는 건 알고 있었지만 통증 때문에 힘들어 할 어머니를 생각하면 속이 상했다. 그날도 수프를 해다 드리려고 채소들을 이것저것 사갖고 집에 가서 물에 깨끗이 씻고 막 가스 불을 켜려던 찰나, 동생으로부터 전화가 왔다.

어떻게 갔는지 기억이 잘 안 날 정도로 정신없이 병실로 달려갔다. 어머니는 식구들을 알아보지 못하셨다. 통증 때문에 진통제와 모르핀을 워낙 세게 맞은 상태라 헛것을 보시는 듯했다.

어머니는 그렇게 눈을 감으셨다. 2011년 설날이 되기 사흘 전, 암 선고를 받은 지 1년 만이었다. 집집마다 식구들끼리 모여 떡국 끓여 먹고 세배하느라 웃음꽃이 피었을 설날은 내 어머니의 발인 날이 됐다.

그보다 2년 전, 세상에서 나를 가장 아껴주던 할머니가 돌아가셨다. 향년 89세. 할머니가 돌아가신 날은 고 노무현 대통령의 서거로 세상이 떠들썩하던 날이었다. 탤런트 여운계 씨가 돌아가신 날이기도 했다. 그래서 장례식을 치르며 우리 식구끼리 이런 이야기도 했다. 우리 할머니가 역시 예사로운 분은 아니라고, 그래서 큰 인물들을 다 데리고 함께 가신 모양이라고.

큰 살림을 이끌었던 할머니는 연세가 드시고도 정정하셨다. 어느 날 넘어져 골반에 금이 가는 바람에 병원에 입원하신 적이 있었는데, 그때 병실을 왔다 갔다 하며 내가 직접 안아다가 대소변도 누이고 식사 수발도 들곤 했다. 그 뒤로는 급격히 노환이 왔다. 할머니가 돌아가시던 날에 나는 태국의 한 리조트에서 요리 관련 프로그램을 촬영하고 있었다. 한국에서 연락을 받자마자 비행기를 타고 돌아와 장례 둘째날 도착했다.

시어머니 장례를 치르고 있던 어머니는 내 얼굴을 보자 이렇게 말씀하셨다.

"어떡하니. 네가 제일 좋아하는 사람이 돌아가셨네."

난 이렇게 대답했다.

"내가 제일 좋아하는 사람은 엄만데 왜."

"할머니 아니야?"

"아냐. 엄마야."

"……."

2년 뒤에 어머니가 돌아가시자 제일 먼저 생각난 분이 할머니였다. 그때 처음으로 할머니가 원망스러웠다.

"할머니! 먼저 가셨으면 울 엄마 좀 지켜주시지. 왜 이렇게 빨리 데리고 가셨어요."

어머니의 입원 기간은 길지 않았다. 암이 발견되었을 때 이미 손을 쓸 수 없을 정도였다. 늑막에 생긴 암세포가 순식간에 척추로 전이되었고 워낙 위험한 부위라 수술도 불가능했다. 평소 건강하셨고 긴강김진도 꾸준히 받아왔지만 발견도 치료도 힘든 부위였다. 처음에 병원에선 6개월을 선고했는데 어머니는 내가 걱정할까 봐 아예 얘기도 안 해주셨다. 그러다 추석 때 갑자기 쓰러져 병원에 실려 가는 바람에 비로소 나도 알게 됐다.

어머니가 항암 치료를 위해 병원에 입원하시자 나는 하던 일을 모두 중단하고 어머니 병실만 다녔다. 우리는 서로 눈물을 보이지 않았다. 어머닌 아픈 내색을 안 했고, 나는 걱정하는 내색을 안 했다. 마치 아무 일도 없는 것처럼 그렇게.

내가 수프를 싸들고 병실 문을 들어서면 어머니가 먼저 말을 건네셨다.

"왔어? 밥은 먹었어?"

수프를 드신 다음에도 일상적인 대화만 나눴다.

"하는 일은 잘되니?"

"늘 그렇지 뭐."

그렇듯 모자가 나누는 대화는 예전과 다를 게 없었다. 어머니는 이미 훨씬 전에 마음의 정리를 마치신 듯 항상 담담했다. 그리고 마지막까지 자존심도 강하셨다. 돌아가시기 얼마 전 몸을 가눌 수 없을 만큼 아프고 힘들 때조차 대소변 수발은 아버지에게만 허락하고 나더러는 "나가 있어"라고 하셨다.

♧

"엄마, 잡채를 할 때는 당면을 삶아 건져서 무치는 것보다는 오래 불려놨다가 바로 볶아야 면발이 탱글탱글하고 안 불어요."

"그래? 근데 난 내 방식대로 할래. 그게 더 편해."

어머니와의 대화는 대개 이런 식이었다. 같이 마주 앉아 채소 다듬고 음식 차리고 서로 간도 봐주고 하는 시간을 좋아하셨지만 아들이 요리사라는 이유로 필요 이상 당신 요리를 간섭하는 것은 원치 않으셨다. 내가 몰랐던 걸 여쭤보기도 하고 어머니가 몰랐던 걸 일러드리기도 했지만 딱 거기까지. 어머니는 늘 '너는 네 방식대로, 나는 내 방식대로'였다. 그리고 내가 요리를 해드리려고 하면 오히려 말리셨다. 밖에서도 요리가 일인데 집에서까지 하면 힘들까 봐 그러신 것이었다.

종종 해드린 음식 가운데 족발 요리가 있다. 작은 족발을 발톱만 남기고 살을 발라낸 다음 소고기, 양파, 버섯 등 새로운 재료로 속을 채우고 쪄내는 요리다. 피에르 코프만의 시그니처 디시 중 하나인데 시간도 이삼일 걸리고 정성이 많이 들어간다. 어머니는 내 손으로 해드린 요리는 뭐든 맛있어 하셨지만 그보다는 나와 대화하는 시간을 더 좋아하셨다. 내게도 어머니는 이 세상에서 가장 잘 통하는 대화 상대였기에 한국에 돌아오고 나서도 어머니와 이야기할 때가 가장 마음이 편했다.

"엄마, 누가 이러이러한 걸 하자고 했는데 아무래도 나 사기당한 것 같아. 엄마는 어떻게 생각해?"

"괜찮아. 그런 것도 다 공부라고 생각하면 되지 뭐."

어머니는 내 얘길 가장 잘 들어주는 사람이자 최고의 조언자였다. 어릴 적 말썽을 부렸을 때도, 내 멋대로 방황하던 사춘기 때도, 심지어 고등학교 때 호텔에서 일하다가 욱해서 선배에게 주먹을 날리고 경찰서에 갔을 때도, 단 한 번도 "왜 그랬어?" 하고 다그치지 않았다. 그저 "밥 먹었어?" 한 마디뿐. 내가 먼저 말을 꺼낼 때까지 기다려주거나 "네가 그러는 이유를 엄마한테 이야기해줄 수 있어?"라며 차분하게 물으셨다. 그리고 내가 무슨 이야기를 하건 끝까지 귀를 기울였다. 중학교 때 친구들과 술을 먹었을 땐 꾸중 대신 "먹을 거면 집에 와서 먹어"라고 하신 게 다였다. 그래서 집에서 술을 마셔봤는데 그 다음부턴 재미가 없어져서 더 이상 안 마시게 됐다.

어머니는 한때 워킹맘이었다. 어머니의 큰아버님이 우체국장이어서 여고 졸업 후 우체국에 취직했는데, 아버지에게 시집오고 첫째인 나를 낳고 나서까지 계속 직장 생활을 하다가 두 살 터울로 남동생을 낳으면서 그만두셨다. 동생이 골형성부전증이라는 신체장애를 안고 태어나 돌봄의 손길이 많이 필요했기 때문이다. 하지만 전업주부가 되고 나서도 여느 엄마들처럼 자식에게만 또는 집안일에만 연연하는 모습은 전혀 없었다. 며느리이자 아내이자 어머니라는 틀 안에서도 늘 독립적인 주관을 갖고 계셨다. 그리고 내게는 이렇게 말씀하셨다.

"레오야, 항상 너 자신을 위한 길을 찾도록 해봐. 엄마아빠를 위해 살지 말고 너 스스로를 위해 살아."

돌이켜보면 내 어머니이기 이전에 참 멋진 삶을 살았던 분이다. 나는 성격도 어머니를 많이 닮았거니와 사고방식, 사람을 대하는 자세, 가치관과 인생관까지도 어머니에게 가장 큰 영향을 받았다. 요리사로 일하며 힘들고 어려울 때, 여러 가지 선택의 기로에 놓였을 때, '엄마라면 뭐라고 하셨을까?'를 늘 생각했다. 그러면 어머니 목소리가 떠오르곤 했다.

'괜찮아. 걱정하지 마. 지나고 나면 별거 아니야.'

아들이 머나먼 영국이란 나라로 떠난다고 했을 때 어머니는 말리거나 붙잡지 않으셨다. 런던에 간 지 석 달이 지나서야 처음 집에 전화를 걸었을 때도 왜 이제야 연락하느냐는 얘기는 전혀 없고 그냥 "겨울인데 춥진 않니?"라고만 물으셨다. 그 뒤로 5년 동안 한국에 한 번도 안 들어왔을 때도 여느 부모처럼 "왜 안 들어오니? 보고 싶다" 같은 말씀은 단 한 번도 하신 적이 없다. 5년 만에 잠깐 귀국했을 때 한번 여쭤봤다.

"엄마, 그동안 나 안 보고 싶었어?"

"아니. 그냥 '내 아들이 저 하늘 아래 저기 있겠구나' 생각하면서 살았지. 너도 '엄마가 저기 있겠구나' 생각하면서 살면 돼."

어머니가 돌아올 수 없는 곳으로 떠나신 뒤, 이젠 내가 어머니를 생각한다.

'우리 엄마가 저기 어딘가에 계시겠지.'

그런 생각을 하면 그리움도 담담하게 가라앉는다.

His style

His style

진정한 셰프들의 도시

식사의 쾌락은 나이와 조건과 나라를 불문하고 나날이 경험된다.
그것은 다른 어떠한 쾌락과도 어우러질 수 있으며,
이 모든 쾌락이 사라진 후에도 마지막까지 남아 우리에게 위안을 준다.
_브리야 사바랭

프랑스 북부의 어느 항구. 배에서 내려 육지를 밟자 다리가 후들거렸다. 뱃멀미 때문에 속이 메슥거렸지만 배에서 다 토해서 더 게워낼 것도 없었다. 난생처음 밟아본 프랑스 땅, 음산한 하늘에서 눈이 펑펑 쏟아졌다. 바람 부는 낯선 항구에서 춥고 배도 고팠다.

런던에서 기차를 타고 한 시간 반 걸려 영국 남쪽의 항구로, 거기서 배를 타고 도버 해협을 건너 프랑스에 도착했다. 파리로 가려면 다시 기차를 타고 다섯 시간쯤 더 가야 했다. 런던에서 파리로 직행하는 유로스타를 타면 금방이지만 그때는 값비싼 유로스타

티켓을 살 만한 금전적 여유가 없었다. 식대 말고는 경비를 최대한 아껴야 해서 기차와 배를 여러 번 갈아타며 장장 여덟 시간이 걸리는 여정을 선택할 수밖에 없었다.

파리행 기차를 타기 전에 들를 데가 있어서 가방에서 지도를 꺼냈다. 요즘 같으면 스마트폰으로 검색하겠지만 그땐 달랑 주소와 지도 한 장만으로 찾아가야 했다. 목적지는 항구 마을의 교회 옆에 있는 한 레스토랑. 외관은 소박했지만 문을 열고 들어서자 따뜻한 훈김과 음식 냄새가 기분 좋게 코를 자극했다.

내가 주문한 음식은 스테이크 앤 칩스. 스테이크에 감자튀김을 곁들인 기본적인 요리다. 그곳 스테이크는 맛도 풍미도 색달랐다. 스테이크는 그릴에 구워야 한다고 알고 있었는데 그릴이 아닌 팬에다 구워낸 것도 새로웠고, 각종 허브와 향신료의 향이 고기에 조화롭게 배어들어 맛을 굉장히 돋보이게 해준다는 사실이 놀라웠다. 고기와 함께했을 때 가장 아름다워질 수 있는 맛과 향이 어우러져 있었다. 곁들여진 소스는 노란 빛이 나는 프렌치 마요네즈로 풍미가 독특했는데, 그곳에서 멀지 않은 디종이라는 지방에서 생산된 머스터드를 넣은 것이라고 했다. 감자튀김도 그 지역에서 나는 감자를 썰어 갓 튀겨낸 것이었다. 서빙하는 웨이터가 재료들에 대해 친절하고 자세하게 설명해주었다.

런던에 간 지 몇 달 뒤, 그간 열심히 일해서 번 돈을 모아 프랑스로 음식 여행을 떠난 첫날이었다. 뱃멀미와 추위에 시달렸던 몸을,

풍미 가득한 고기와 감칠맛 나는 머스터드와 신선한 감자튀김이
든든하게 채워주었다.

☁

    런던행 비행기에 오를 때 가방에 챙겨간 건 고등학교 때까지 아
르바이트를 해서 모아놓은 돈에 어머니가 약간 보태주신 돈을 합
친 700만 원과 옷가지 몇 벌이 다였다. 원래는 영국으로 가서 일을
하다가 차차 프랑스로 건너가 요리학교에 다니면 되겠거니 생각
했었다. 서양 요리의 정수인 프랑스 요리를 배우려면 프랑스로 가
는 게 가장 좋을 테니까. 프랑스가 아닌 영국으로 먼저 갔던 건 언
어 때문이었다. 영어는 알파벳이라도 알지만 불어는 아예 읽을 줄
도 몰랐기 때문이다.
    런던에 도착하자마자 일단 닥치는 대로 주방에 파트타임으로
취직부터 했다. 그런데 낯선 도시에 익숙해짐에 따라 프랑스에 굳
이 갈 필요가 없겠다는 판단이 서기 시작했다. 그건 런던이라는 도
시의 특수성 때문이다.

    흔히 영국은 '음식이 맛없다'며 기껏해야 느끼한 피시 앤 칩스가
전부라고들 한다. 사실 영국은 먹고 즐기는 문화 자체가 다른 유럽
국가에 비해 크게 발달하지 못했다. 기후가 나빠 늘 습하고 축축한

데다 땅이 척박해 농사짓기에 불리했으며 역사적인 요인도 있었다. 산업혁명 이전에는 농사나 경작보다는 수렵과 채집을 주로 했고, 산업혁명 이후로는 도시화가 진행되면서 도시에서 돈을 벌어 음식을 사먹는 문화가 발달하였다. 이때 각종 패스트푸드가 생겨났는데 그중 하나가 피시 앤 칩스다.

그런데 아이러니하게도 이러한 불리한 점 때문에 오히려 음식 문화가 발달했다. 내세울 만한 전통음식이 별로 없다 보니 외국에서 들어오는 모든 음식을 편견 없이 받아들였던 것이다. 영국의 수도 런던에선 프랑스와 이탈리아는 물론이고 유럽 각 나라와 인도, 중국, 태국, 일본, 중동, 아프리카 등등 전 세계 음식이란 음식은 모두 만날 수 있다. 심지어 아시아 음식으로 미슐랭 스타를 처음 받은 식당이 영국에 있을 정도다. 그에 비해 프랑스는 자기네 요리가 최고라는 자부심이 너무 강하다 보니 다른 나라의 음식 문화를 받아들이는 데 편협한 편이다. 그런 점에서는 이탈리아도 만만치 않아서 고대 로마 시대부터 현재까지의 자기네 음식에 대한 자존심이 하늘을 찌른다. 때문에 프랑스와 이탈리아는 그 시절만 해도 다른 나라 음식들, 특히 아시아 음식과 문화를 배척하는 마인드가 어느 정도 있었다.

그러나 런던이란 도시는 음식에 관한 한 오픈 마인드였다. 골목마다 놀라울 정도로 다양한 세계 각국의 식당이 들어서 있는 거리 풍경은 신세계 자체였다. 그렇기에 영국에는 피시 앤 칩스만 있다고 단정하는 건 영국의 음식 문화에 대해 하나만 알고 둘은 모르는 소리다. 그건 마치, 외국인이 우리나라에 배낭여행을 왔는데 한국 음식이 얼마나 다양한지 알지 못한 채 저렴한 찌개백반이나 떡볶이만 먹어보고는 한국 음식은 이게 다라고 생각하고 돌아가는 것과 비슷한 얘기다.

영국 음식 문화는 다양성도 다양성이지만 수준 또한 높다. 옛날부터 귀족 문화가 발달해 있어서, 고급 레스토랑이라든가 회원제로 운영되는 프라이빗 클럽이 지금도 굉장히 많다. 경비를 아껴야 하는 배낭여행객들이 가장 싼 밥값으로 접하는 음식이 피시 앤 칩스일 뿐, 저녁 식사에 와인이라도 곁들이면 우리 돈으로 1인당 50만 원에서 100만 원을 호가하는 고급 레스토랑들이 런던 시내 여기저기에서 성업 중이다. 프랑스를 비롯한 유럽의 유명 셰프들, 이를테면 피에르 가니에르나 알랭 뒤카스 같은 이들이 앞 다투어 런던에 레스토랑을 차린 데는 다 이유가 있다. 오히려 본국 레스토랑보다 더 많은 비용을 투자한다. 그렇게 차려도 얼마든지 장사가 잘될 만한 음식 문화가 형성되어 있는 도시이기 때문이다.

런던이 어떤 도시인지를 알고 나자 프랑스로 가려던 애초의 계획은 자연스럽게 사라졌다. 그 대신 여행이라는 형태로 유럽 레스토랑들의 음식을 접해보기로 하고 처음 배 타고 간 곳이 프랑스였던 것이다.

그 뒤로는 휴가 때마다 짬을 내어 유럽으로 건너갔다. 평소에는 주방 일이 하도 바빠 돈 쓸 시간이 없다 보니 저절로 저축이 됐다. 여행 가서도 다른 경비는 아끼는 대신 음식에 있어서는 최대한 많은 것을 경험하고자 했다. 미슐랭 쓰리스타 레스토랑들도 가보고 유럽 출신 동료 요리사들이 추천해준 곳들도 가봤다. 피에르 코프만 밑에서 일할 때는 "저는 피에르 코프만 레스토랑에서 일하는 아무개입니다"라고 소개하면 레스토랑 측에서 기꺼이 주방도 보여주고 설명도 해줬다.

하도 오래전 일이라 그런지 그 시절에 다녔던 유럽 레스토랑들에 대한 기억이 이제는 가물가물하다. 다만 가장 배고프고 가난하고 힘들었던 첫 여행 때, 심플하면서도 재료의 맛을 조화롭게 살려낸 항구마을 레스토랑의 저녁 한 끼가 나중에 다녀본 그 어떤 곳의 값비싼 요리에 못지않게 인상 깊게 남아 있다.

어린 시절부터, 그리고 요리사의 길을 선택한 뒤로는 더더욱, 나는 학교라는 정해진 틀에 갇혀 있는 걸 싫어했다. 공부라는 것이 꼭 어떤 제도권, 학교나 학원 안에서만 가능하다고 생각하지도 않는다. 그래서 요리사가 되려면 어떻게 공부를 시작해야 하는지, 어떤 요리학교에 다니는 게 좋은지 물어오면 딱히 해줄 말이 없다.

나 자신이 요리학교를 정식으로 마친 적이 없고 일찍부터 현장에서 일을 시작했기 때문이다. 다녔던 곳이라고 해봐야 고1 때 몇 달 다닌 종로의 요리학원과 런던에서 1년 다닌 킹스웨이 칼리지라는 학교가 전부다.

런던의 웨스트민스터 킹스웨이 칼리지는 영국의 인기 요리사 제이미 올리버가 다녔던 곳으로도 알려져 있다. 나는 이곳에서 3년 학사 과정 중 2학년까지 공부했다. 좋은 학교이긴 했지만, 이미 훌륭한 셰프들이 있는 현장에서 일을 배우고 있었던지라 굳이 학교에 적을 두고 시간을 투자할 필요를 느끼지 못했다. 그 학교를 졸업하고 나면 어차피 내가 일하는 레스토랑에 막내 실습생으로 오게 된다는 걸 알고 나자 계속 다닐 이유가 더더욱 없어졌다.

그 대신 학교 밖의 모든 세상이 학교나 다름없었다. 어렸을 때는 할머니가 음식을 만드시던 부엌 아궁이 앞이 학교였고, 런던에서는 레스토랑 주방은 물론이고 주방 바깥세상이 전부 다 학교였다. 쉬는 날에 시내의 식당들을 다니기만 해도 저절로 공부가 됐다. 서울의 이태원에 가면 다국적 식당들이 있는데, 런던은 이태원 같은 동네가 어느 한 군데만 있는 게 아니라 강남구, 마포구 할 것 없이 모든 구마다 즐비한 거나 마찬가지였다. 수백 미터에 이르는 대로변 양쪽으로 죽 늘어선 중국, 일본, 터키, 아랍, 스페인, 프랑스, 이탈리아, 스웨덴 음식점들은 요리사에게 늘 새로운 자극을 주고도 남았다.

가끔 유럽으로 건너가 레스토랑 투어를 했던 것도 요리 공부의 연장선상에 있었다. 굳이 공부라고 생각해본 적은 없지만 새로운 식당과 요리에 대한 호기심이 자연스럽게 여행으로 이어졌다. 그리고 유럽의 레스토랑들을 다녀볼수록 오히려 런던과 자연스럽게 비교가 되면서, 내가 정말 요리사가 일하기 좋은 도시에서 일하며 배우고 있다는 걸 깨달았다. 새로운 음식을 먹었을 때 이 음식이 어떻게 조리되었으리라는 걸 짐작할 수 있을 만한 실력이 쌓이고 나자, 더더욱 진정한 셰프들의 도시 런던으로 오길 잘했다는 생각이 들었다.

학교에서 배울 수 있는 것이 있고 학교 밖에서 배울 수 있는 것이 있다. 정해진 답은 없다. 자기 상황에 맞게 선택하면 될 뿐이다. 뭔가를 간절히 원한다면 길은 하나만 있는 게 아니다.

산돼지는 우리 안에서 살지 못한다

식사를 하는 모습을 보고 그들이 누구인지를 나는 알았다.
_칼릴 지브란

내가 태어나던 날엔 비가 많이 왔다고 한다. 음력 5월이었는데 그해 봄에 날씨가 엄청 가물어서 땅이 쩍쩍 갈라졌다고 했다. 농사짓는 집이었으니 시들어가는 농작물 때문에 근심이 이만저만이 아니었을 것이다. 그런데 내가 태어나던 날부터 하늘이 뚫린 것처럼 폭우가 쏟아졌다. 어른들은 집안에 인물이 났다며 좋아하셨다.

하지만 죄송스럽게도 나는 어른들 말씀을 잘 듣는 아이가 아니었다. 하라는 건 안 하고 하지 말라는 건 꼭 했다. 고집도 센 편이었다. 할머니가 음식을 하시던 부엌에만 얌전히 있었으면 좋았겠지만, 사실은 부엌 말고도 천지사방을 놀이터 삼아 싸돌아다녔다. 집에 있던 비싼 전집 동화책을 죄다 찢어 딱지를 만들어 동네 아이들 딱지를 싹쓸이해 왔다가 아버지한테 혼쭐이 나기도 하고, 지나가던 경운기 얻어 타고 남양주 경계 쪽 한강 상류까지 가서 온종일 헤엄치고 노는 게 일이었다.

뭔가를 만드는 걸 무척이나 좋아해서 로봇 장난감을 모으다시피 했고, 초등학교 3학년 때는 학교 대표로 동력 글라이더 대회에도 나갔다. 모형 비행기를 만들려면 대나무살을 종이에 붙여 날개를 만들어야 했는데, 습자지에 풀을 붙여 만드는 섬세한 작업을 남들보다 꽤 잘했다. 집이 기와집이라 해마다 봄이 되면 문을 다 떼서 풀 발라 창호지 붙이는 작업을 해서일까, 종이 다루는 데 익숙했던 것 같다.

운동도 무척이나 즐겼다. 선생님의 권유로 학교 축구팀에 들어갈 뻔한 적도 있었는데 그보다 더 좋아한 것은 태권도, 유도, 검도 같은 운동들이다. 어릴 때 태권도를 배운 뒤로 중고등학교 때 동네 도장에 다니며 유도, 타격 같은 운동을 꾸준히 했다.

그러다 중학생 때 생긴 새로운 꿈은 가수였다. 작은아버지가 록 밴드를 하느라 시골집 사랑채에 기타, 베이스, 드럼을 세트로 마련해놓고 맨날 시끄럽게 연주를 했는데 그 모습이 참으로 멋있어 보였다. 그 딩시엔 제법 진지한 꿈이라 베이스기타 연습도 꽤 열심히 했을 뿐만 아니라 오디션을 본다며 크고 작은 음반회사를 기웃거렸다. 심지어 고등학교도 밴드부가 있다는 공고로 가려고 입학원서까지 미리 써놓았다.

그러나 우리 아버지는 아들이 '딴따라'가 되길 원치 않으셨다. 어느 날 베이스기타도 부수고 공고 입학원서도 찢어버리셨다. 초등학교 때까진 공부를 곧잘 했던지라 그저 모범생으로 살며 좋은 대학에 가기를 바라신 것이다. 어머니는 내가 뭘 하건 내 의견부터 들어주고 믿어주신 반면에 아버지는 전통적인 한국의 아버지였다. 그래서 자식이 조금이라도 당신 기준에 맞지 않으면 실망하고 야단을 많이 치셨다. 내가 청개구리처럼 말을 안 듣자 스파르타식 기숙학원에 집어넣기도 했다. 물론 나는 얼마 안 돼 뛰쳐나왔다.

늘 아버지의 반대에 부딪히다 보니 사춘기 무렵부턴 자꾸만 집이 답답해졌다. 학교를 왜 다녀야 하는지도 모르겠고, 어서 빨리 어른이 돼서 내가 원하는 걸 하며 내 힘으로 돈 벌고 싶었다. 학교도 자주 빼먹고 몇몇 친구들과 어울려 다니며 술도 마셨다. 어른들 눈엔 영락없는 불량학생이었다.

그러나 내가 장차 뭘 하고 싶은지에 대해 그때 가장 많이, 그리고 가장 진지하게 고민을 했다. 그리고 중학교 3학년 때 스스로 해답을 얻었다.

'내가 가장 잘하는 일을 하자. 요리사가 되자.'

한 나라를 용에 비유하는 이야기가 있다. 운동을 하러 도장에 간 어느 날 윤대현 선생님께서 해주신 이야기다. 나라가 용이라면 가신들, 즉 정치인은 용의 발톱과 비늘이다. 이 용의 배를 채우고 발톱과 비늘에 영양분을 공급하기 위한 먹잇감이 돼지다. 따뜻한 우리에서 꿀꿀이죽을 먹여 키운 다음 용의 날카로운 발톱과 비늘을 유지하기 위한 식량으로 쓰는 것이다.

그런데 아무리 따뜻한 우리에서 배불리 먹여줘도 견디지 못하는 돼지들이 있으니 그게 바로 산돼지다. 집돼지와 산돼지는 성향이 아주 달라서, 집돼지는 산에 풀어놓아 봤자 따뜻한 우리를 그리워하다 굶어 죽고, 산돼지는 아무리 배불러도 우리 안에 갇혀 있는 걸 못 견디고 뛰쳐나간다. 춥고 배고프더라도 이 산 저 산 스스로 먹이를 파헤치고 다니는 삶이 산돼지에게는 맞다. 그러니 자신이 집돼지 성향인지 산돼지 성향인지를 한번 살펴볼 필요가 있다. 집돼지를 산으로 쫓아내도 안 되고 산돼지를 우리에 가둬서도 안 되니까.

그런데 우리나라 부모들은 자식이 산돼지인지 집돼지인지 파악하려 하지 않은 채 무조건 우리 안의 집돼지로만 키우고 싶어 하는 경우가 많다. 그 경향이 비정상적일 정도로 강하다. 산돼지 같은 아이조차 억지로 집돼지로 살게 하는 것만이 정답이라 여긴다. 집돼지로 키우면 언젠가 용의 발톱으로 변신할 수 있을 거라 굳게 믿는다. 사실은 발톱이 되는 것이 아니라 영양분으로 흡수되어 발톱과 비늘을 유지시키는 역할만 할 뿐인데도 말이다.

나는 어렸을 때부터 정해진 제도권 안에서 남들이 정해준 길을 가는 것이 어쩐지 나와는 맞지 않다는 걸 막연히 느끼며 자랐다. 특히 규율에 순종하거나 무리에 섞여 남들과 똑같이 뭔가를 하는 게 너무 싫었다. 일렬로 줄 서는 게 싫어서 일부러 줄에서 비어져 나왔다가 혼이 나기도 했고, 아무 목표 없이 교실에 앉아 있는 게 싫어서 땡땡이를 쳤으며, 자율도 아닌 '야간 자율학습'을 왜 억지로 해야 하는지 납득할 수가 없어서 학교를 빠져나오곤 했다. 선생님들에게 맞기도 많이 맞았다. 고3 때 호텔 주방에 취직하고는 아예 학교를 자퇴하려 했다. 그런데 고맙게도 담임선생님이 취업 나간 걸로 처리해주셔서 일주일에 하루만 학교에 나가며 겨우 졸업을 했다. 사실 졸업식도 의미가 없어서 안 갔기 때문에 초등학교 때 말고는 졸업식 사진 한 장이 없다. 대학 조리학과가 있다는 얘기 들었지만 이미 성인이 되기 전부터 현장에서 일을 하고 있어서 굳이 대학에 갈 필요도 느끼지 못했다.

대한민국 부모님들이 대부분 그렇듯이 우리 아버지도 내가 집돼지로 안전하게 살길 원하셨다. 부모 슬하에서 큰 고생 하지 말고 착실하게 단계를 밟아서 남들 보기에 번듯하고 안정적인 일을 하며 사는 사람으로. 하지만 나는 아버지가 원하시는 걸 해드릴 자신이 없었다. 그래서 결국 못 견디고 뛰쳐나왔다. 나는 산돼지의 삶을 택했다. 춥고 배고파도 그게 나한테 맞는 삶이었으니까.

「가지 않은 길」이라는 로버트 프로스트의 시가 있다. 숲 속 두 갈래 길 가운데 사람들이 적게 간 길을 택했는데 그것이 모든 것을 바꿔놓았다는 대목이 나온다. 그 구절처럼 나 역시 선택의 기로에 놓일 때마다 결단을 내리기가 쉬웠을 리 없다. '요리를 할까, 말까? 영국에 갈까, 말까? 저 레스토랑으로 옮길까, 말까? 한국에 돌아갈까, 말까? 방송을 할까, 말까?……'

선택을 해야 할 때마다 늘 진지하게 고민했고 스스로 확신한 길을 택했다. 남들이 강요하거나 권유해도 내가 아니라고 생각하면 가지 않았고, 반대로 남들이 가지 않는 길이라 해서 못 갈 게 뭐가 있겠느냐 생각했다. 그러고 보니 주로 남들 안 가는 길만 골라서 걸었던 듯하다.

그럴 때마다 사람들은 일단 반대부터 한다. 요리사가 되겠다고 하자 사내놈이 왜 요리를 하느냐고들 했고, 영국에 간다고 했을 땐 그 먼 나라엔 왜 가냐고들 했으며, 한국에 돌아와 한식을 배우러 다닐 때도 왜 그러고 돌아다니느냐고 했다. '뭐 하러?'라는 질문들이 끊이지 않았다. 남들이 잘 안 가는 길을 가는 것에 대해 그냥 '저 사람은 저런 삶을 사는구나' 하고 있는 그대로 내버려두면 좋을 텐데, 뭐든 튀는 행동은 곱게 보이지 않는 모양이다.

튀지 않게 남들 가는 길로만 몰아넣다 보니 우리나라 아이들은 어릴 때부터 학원과 공부에 시달리고, 대학 가서는 취업 준비에 모든 걸 바친다. 어렵게 취직을 해도 계약직은 정직원이 되려고, 정직원은 잘리지 않으려고 노심초사다. 그런데도 소위 '안정적'인 직장인이 된 사람들은 유일한 낙이 퇴근 시간과 주말이라는 얘기들을 거리낌 없이 한다. 자기 일에 열정을 쏟는 게 삶의 낙이 되어야 하는데 퇴근만이 유일한 낙이고, 그토록 원치 않는 일을 하면서도 족쇄에 매인 양 어쩔 수 없이 남들과 똑같이 줄을 서서 산다. 그리고 이런 삶을 살기를 부모들이 자식들에게 강요한다. 내가 못다 이룬 꿈을 네가 대신 이뤄달라면서. 그게 '안정된 삶'이라면서. 게다가 부모가 자식의 삶에 지나치게 관여하다 보니 요즘 아이들은 자기 혼자서는 아무것도 결정을 못해 어른이 되고 나서도 여전히 부모 품을 벗어나지 못한다.

모든 게 다 그렇다. '맛집'이라고 하는 식당 앞에 사람들이 길게 줄을 서 있는 광경만 해도 그렇다. 대부분 사람들은 '저 식당이 음식을 잘하나 봐' 생각하겠지만 나는 조금 다른 생각이 든다. '자기 입에 들어갈 음식조차 남들의 선택을 따라야 마음이 놓이는 걸까?' 자기가 좋아하는 게 사실은 뭔지도 모르면서 남들 따라 우르르 줄 서서 먹고, 주말에는 줄 서서 놀러 가고, 아침저녁으로 줄 서서 출퇴근하고, 그걸로 모자라 죽고 나서도 화장터에 줄 서서 들어가는 삶을 벗어나지 못한다. 나는 도무지 모르겠다. 그것이 정말 '잘 사는 삶'인지.

제도에 순응하고 그 안에서 안정적으로 사는 집돼지의 삶, 제도를 박차고 나가 먹이를 찾아다니는 산돼지의 삶. 어느 한쪽이 옳다고는 할 수 없지만 자기 정체성에 맞는 삶을 택하는 것은 중요하다. 산에 풀어놔야 할 돼지를 자꾸 우리 안으로 밀어 넣으려 해서도 안 되고, 우리 안에서 살아야 할 돼지가 산으로 돌아다녀도 문제가 생긴다. 아무리 부모라 해도 아이에게 맞지 않는 삶을 지나치게 강요하면 아이의 삶은 망가지고 엇나간다.

남들과 똑같이 줄 서지 않고도 자신이 정말 좋아하는 걸 즐기면서 살 수 있다는 것을, 진짜로 안정된 삶이란 남이 뭔가를 결정해주는 삶이 아니라 자기 스스로 정체성을 찾고 결정하는 삶이라는 것을, 더 많은 이들이 이해하고 포용했으면 좋겠다. 설령 좀 튀어보이고 언뜻 이해가 되지 않는다 할지라도.

무도, 요리, 그리고 인생의 고수

요리가 없다면, 예술도 지성도 사라질 것이다.
_알렉상드르 뒤마

머리가 새하얀 70대 노인이 평온한 얼굴로 방어 자세를 취하고 서 있다. 도복을 입은 청년이 노인을 제압하려는 자세로 다가가 팔목을 잡는다. 그런데 바로 다음 순간 바닥에 내동댕이쳐지는 건 청년의 몸뚱이다. 청년은 몸을 일으켜 다시 노인에게 손을 뻗지만, 이번에도 땅바닥에 패대기쳐진다. 노인은 여전히 평온한 표정으로 미소를 짓는다. 그리고 정중하게 허리를 굽혀 절을 한다.

'아이키도'의 연무 장면을 처음 본 사람들은 대부분 자기 눈을 의심한다. 노인이 뭔가 눈에 띄는 동작을 한 것도 아니고 팔을 거칠게 휘두른 것도 아닌데 건장한 청년을 어린아이 다루듯 가볍게

121

쓰러뜨리기 때문이다. 더 황당해하는 이는 노인 앞에 쓰러진 젊은 제자다. 스승이 그냥 손만 가볍게 잡아준 것 같은데 아차 하는 순간 자신은 바닥에 쓰러져 있다. 제압을 당한 줄도 모른 채로 당해버렸다.

어렸을 때 요리사 말고도 하고 싶은 일이 하나 더 있었다. 중고등학교 때 유도와 검도를 배우러 다니다가 장차 사범이 되어 도장을 차리면 어떨까 하는 생각을 잠깐 했었다. 하지만 그 당시 보고 들은 바로는 도장을 차려 먹고산다는 게 그다지 전망이 밝아 보이지 않았다. 그래서 내가 더 좋아하고 잘하는 요리를 직업으로 하되 운동은 취미 삼아 평생 하기로 마음먹었다. 영국에 있을 때도 쉬는 날에는 근처에 있는 유도 도장에 가서 틈틈이 운동을 하곤 했다. 그것이 지금까지 이어져 수련을 계속하고 있다. 내가 하고 있는 운동은 아이키도와 고류 검술이다.

일본 무도는 크게 '유술'과 '검술'로 나뉜다. 둘 다 전쟁터에서 실제로 쓰이던 기술들로 그중 창과 검 같은 무기를 들고 싸우다가 무기를 놓쳤을 때 맨손으로 싸우는 방식에서 나온 것이 유술이다. 갑옷 입고 무기를 든 적군을 맨손으로 상대해 살아남으려면 관절과 뼈를 부러뜨려 무기를 잡지 못하게 만들어야 한다. 즉 유술의 핵심은 상대방의 관절을 제압하는 기술이라 할 수 있다. 이러한 유술을 스포츠로 변형시킨 게 가노 지고로가 창시한 유도이다. 두 사람이 부둥켜안고 시작하는 유도와 달리 유술은 거리를 두고 시작한다. 상대방이 어떤 무기를 들고 있느냐에 따라 거리를 조절하여 상대방의 관절 및 몸 전체를 제압하거나 아예 죽여야만 하기 때문이다.

그리고 현대에 와서 불교 사상에 좀 더 근간을 두고 상대방을 죽이려는 목적이 아니라 평화롭게 제압하는 방법으로 파생시킨 것이 아이키도이다. 그래서 아이키도를 '평화와 화해의 무도'라고도 한다. 우리나라의 합기도는 아이키도와 한자가 같고 일본의 유술에서 차용한 동작들이 있기는 하지만 힘을 쓰는 방식이 아이키도와는 전혀 다른 운동이다.

아이키도의 경우 본국인 일본보다 오히려 유럽과 미국 등 서구권 국가에서 각광받을 정도로 전 세계에 널리 퍼져 있다. 큰 동작을 하지 않는데도 상대방을 조용히 제압하는 광경에 매력을 느끼는 서양인들이 의외로 많다. 실제로 아이키도의 고수가 상대를 쓰러뜨리는 광경을 보면 가볍게 손만 잡았을 뿐인데 상대방이 무력하게 넘어지는 것처럼 보인다. 그런 건 젊었을 때 단시간에 익힐 수 있는 기술이 결코 아니다.

유술이 적을 맨손으로 제압하는 기술이라면 검술은 검을 들고 싸우는 것이다. 나는 '가토리 신토류'라는 일본 무형문화재의 전수자인 스가와라 테츠타카 선생님과 우리나라의 윤대현 선생님으로부터 검술을 배워오고 있다. 옛 일본에서는 엄격한 신분제에 따라 무사만 검술을 배울 수 있고 검을 들 수 있었는데, 메이지 유신 이후 평민들도 검도를 배울 수 있게 되었다. 이 검술을 스포츠로 만든 것이 현대 검도로서 죽도를 들고 시합한다. 그러나 검술은 전쟁터에서 상대방을 죽일 때 쓰던 기술이기 때문에 수련을 할 때도 검도에서 쓰는 죽도가 아닌 목검이나 가검을 사용한다. 내가 수련하는 고류 검술은 칼을 뽑는 동시에 상대방의 심장을 찌르거나 목을 베는 거합도라는 기술들이 포함되어 있다는 점에서도 현대 검도와는 조금 다르다.

역사적으로 끊임없이 침략을 일삼은 일본이란 나라에서 이런 무술이 생겼다는 건 어찌 보면 모순적이다. 무사의 원래 의미는 공격이나 침략과는 거리가 멀었다. 맨 처음 이 운동을 시작했을 때 윤대현 선생님이 해주신 이야기 중 가장 인상적이었던 건 무사란 '싸움을 멈추는 사람'이라는 이야기였다. 무도나 무사의 '무武'라는 한자를 보면 멈출 지止 자에 창을 내려놓고 투구를 벗어놓은 모양을 하고 있다. 즉 남에게 싸움을 거는 게 아니라 싸움을 멈춘다는 뜻이다. 싸움을 하는 사람은 무사가 아니라 투사라 불러야 한다. 그러므로 스스로를 무사라고 하면서 남의 나라를 침략하고 약탈한 것은 자기네 조상들의 본래의 정신을 거스른 것이나 다름없다.

전쟁터에서 살아남기 위한 목적으로 개발한 유술과 검술은 본질적으로 상대방을 죽여야 끝이 난다. 거꾸로 말하면, 상대방을 죽이지 않을 거라면 굳이 싸울 필요가 없단 얘기다. 너와 싸울 수 있는 힘이 나에게 있지만 싸우지 않겠다고 선택할 수 있는 것이다. 시간이 지나 나 자신이 지금보다 더 고수가 되었을 때는 마치 아이키도의 스승처럼 상대방이 오히려 나가떨어질 테니까.

무도만이 아니라 사회생활도 마찬가지다. 살다 보면 어떤 형태로든 남과 싸울 일이 생긴다. 나 역시 요리사로 살면서 어이없는 상황들을 적지 않게 겪었다. 믿었던 사람에게 뒤통수를 맞기도 했고 부당한 공격을 받기도 했다. 감정을 노골적으로 드러내는 성격이 아니어서 그렇지, 나 역시 그때마다 화도 나고 욱할 때도 있었다. 특히 요즘 한국 사회는 모든 사람들이 서로 공격하고 공격 받으며 살고 있는 것 같다. 사람과 사람 사이의 갈등은 흔히 이야기하는 '갑을 관계' 때문일 수도 있고 사회의 병든 부분 때문일 수도 있다. 이유 없는 '묻지 마 범죄'나 엽기적인 사건들에 대한 뉴스를 접할 때면 어린 딸아이를 키우는 입장에서 적어도 나와 내 가족을 지킬 수 있는 사람이 되어야겠다는 생각도 든다.

하지만 감정적으로 욱한다고 해서 매번 싸움을 하는 게 정답은 아닐 것이다. 싸움을 거는 게 아니라 멈추는 게 무사의 본래 역할인 것처럼, 당장 싸워 이기려 할 것이 아니라 나를 공격한 상대방이 스스로 자멸하게끔 내버려두는 것도 방법이다. 그건 비겁한 것도 도망치는 것도 아니다. '나를 공격했으니까 당장 죽여버려야지'

가 아니라, 의미 없는 싸움은 굳이 벌이지 않겠다는 뜻이다. 상대방의 공격이 부당하거나 자신의 영달만을 바라는 이기적인 의도에서 비롯되었다면 내가 싸워주지 않아도 언젠가는 밑바닥을 드러낼 것이다. 그릇된 생각을 가진 사람들이 도리어 돈도 더 잘 벌고 사회적으로 더 성공하는 것처럼 보일 때도 있지만, 내 삶의 가치 기준이 똑바로 서 있기만 하다면 그런 사람들 때문에 억울해할 이유도 없다.

그런 이유에서 나는 무도 이외의 스포츠는 별로 좋아하지 않는다. 대부분의 스포츠에서는 과정보다는 이기고 진 결과가 더 부각된다. 그나마 검도는 덜한 편이지만 유술에서 파생된 유도조차도 결과만 중시된다. 이긴 사람들이 환호성을 지르고 서로 부둥켜안고 기뻐할 때, 진 상대방을 배려하는 모습은 찾아볼 수 없다.

심지어 그 흔한 가위바위보를 할 때도 진 사람이 벌칙을 받는다는 건 참 이상한 일이다. 사실은 이긴 사람이 벌칙을 받아야 하는 것 아닐까. 이겨서 기쁜 사람이 상대방을 위해 뭔가를 해줘야 마땅하다. 진 것도 억울한데 벌칙까지 받아야 한다면 그 사람에겐 분노와 악만 남을 것이다. 요즘 우리 사회의 여러 모습들처럼.

무도는 이기기 위해 악을 쓰는 게임의 개념이 아니다. 시합을 시작할 때는 서로에게 "잘 부탁드립니다" 하고 정중하게 인사하고, 시합이 끝나고 나면 이긴 사람이 진 사람에 대한 예의를 갖추고 서

로에게 고개를 숙인다. 수련을 마치고 나올 때는 '감사했습니다'
라는 마음으로 나온다. 이기고 진 결과를 떠나 상대방에 대한 배려
다. 그런 배려가 몸에 배어야 한다. 소변이 마려울 때 화장실을 찾
는 것만큼이나 자연스러운 마음의 반사작용이 될 수 있도록.

이 운동을 평생 하겠다고 마음먹고 매주 도장에 나가 수련을 하
는 이유는 삶에 대한 내 가치관과 일치하기 때문이다.

살아남기 위해 매 순간 어려움을 극복해야 하는 무도처럼, 요리
도 한 접시만 만들고 끝나는 것이 아니라 매 순간이 위기이자 더
나아지기 위한 과정이다. 그런 의미에서 요리와 무도는 많이 닮았
다. 스승을 모시고 존경하며 도제 방식으로 오랜 시간에 걸쳐 배우
고 연마해야 한다는 점, 단시간에 승부가 나는 스포츠가 아니라는
점, 완벽해지기까지 긴 시간이 걸린다는 점, 평생 꾸준히 가기 위
해 초심을 잃지 말아야 한다는 점, 싸워 이기는 데 목적이 있지 않
다는 점. 그래서 나는 무도를 수련할 때는 요리의 본질에 대해 생
각하고, 요리를 할 때는 무도의 정신을 생각한다.

아이키도의 세계적인 고수들은 대개 60~70대 이상의 노인들이
다. 평생 연마한 실력과 관록을 갖춘 노스승이 땀 한 방울 흘리지
않고 평화로운 표정으로 젊은이들을 다스리는 모습을 보면 절로
경외심이 생겨난다. 난 아직 그런 고수가 되려면 멀었지만 '내 인
생을 어떻게 살아가야 할 것인가?'에 대한 답을 무도를 통해 되돌

아본다. 무도도, 요리도, 인생도, 계속 수련하고 배워나가다 보면 더 나아지고 고수다운 고수가 될 날이 오리라고 믿는다.

그럼에도 지키고 싶었던 것들

군자는 먹는 데 배부름을 구하지 아니하다
君子食無求飽.
_공자

무려 다섯 시간이 걸린 수술이었다. 수술 전 담당 의사는 위험할 수도 있다며 잔뜩 겁을 줬다. 종양이 신경과 심하게 협착되어 있을 경우 신경을 끊어야 할 수도 있으며, 신경이 끊어지면 마비가 온다고 했다.

입원도, 마취도, 수술대 위에 눕는 것도 난생처음이었다. 이 수술이 끝나고 눈을 뜨면 인생이 달라질 수도 있었다. 수술실에 들어가기 전에 여러 생각이 오고갔다. 최악의 경우까지 가정하고 마음의 준비를 했다.

'방송은 영영 못 하겠지? 그럼 이제 요리만 하면 되겠네. 원래 하던 거 하면서 살지 뭐. 방송을 안 하면 시간이 많아질 테지? 이참에 지방으로 내려갈까? 바닷가에서 살면서 후배 요리사들한테 좋은 생선 공급하는 일을 해볼까?'

다행히 수술은 성공적이었다. 종양의 크기가 예상보다 커서 시간이 오래 걸렸지만 신경은 자르지 않았다고 했다.

귀 아래쪽에 있는 침샘 바로 밑에서 종양을 제거하는 수술. 오른쪽 귀 주변의 살을 25센티미터나 째고 귀 전체를 뚜껑 열듯 위로 들어 올린 뒤 침샘 밑의 종양을 제거하고 다시 뚜껑 닫듯이 귀를 아래로 내려 꿰맸다. 의사가 위험할 수 있다고 했던 건 침샘 밑에서 신경 가닥이 나오기 때문이다. 신경 가닥 중 하나라도 잘못 건드리면 얼굴 반쪽이 마비가 된다. 어느 신경이냐에 따라 입을 못 움직일 수도 있고 눈을 못 움직일 수도 있다고 한다.

신경을 끊지 않았다고는 해도 한동안 오른쪽 얼굴은 마비 상태였다. 2013년, 〈마스터 셰프 코리아〉 시즌2가 끝난 뒤의 일이다.

종양을 발견한 건 우연한 계기였다. 예전부터 바늘 공포증이 있어서 주사는 물론이고 침도 맞지 않고 살았다. 몸에 이상이 와도 별로 신경 쓰지 않았고 병원은 거의 간 적이 없었다. 그러던 어느 날 의사인 지인과 저녁 약속이 있어서 병원에 잠깐 들렀는데 그가 내 얼굴이 좀 이상해 보인다며 한번 살펴보자고 했다. 언제부터인가 얼굴이 좀 부었다는 느낌이 있긴 했지만 피곤해서 그런 줄 알고 대수롭지 않게 넘겼더랬다. 그런데 초음파로 살펴본 결과 침샘 밑에서 종양이 발견되었다. 모르고 내버려뒀을 경우 악성 종양이 됐을 확률이 50퍼센트 이상이라고 했다.

수술 뒤 석 달이 넘도록 날마다 꾸준히 얼굴 근육 운동을 했다. 미간을 찡그렸다 폈다 하기도 하고, '아에이오우' 하며 입도 움직이고, 혀를 길게 뺐다 넣었다 하기도 했다. 그러나 한번 건드린 신경이 제 기능을 되찾기까지는 여섯 달이 걸렸다. 그동안 얼굴의 오른쪽 반이 움직여지지 않았다. 웃을 때도 얼굴 반쪽은 움직일 수 없어서 방송에 게스트로 출연했을 때 되도록 무표정하게 있어야 했다. 표정이 부자연스러우니 마음도 불편하고 초대해준 사람에게도 미안했다.

시간이 지나면서 얼굴 움직임은 점점 나아졌지만 오른쪽 얼굴이 위로 당겨지는 느낌은 사라지지 않았다. 게다가 얼굴이 당겨지면서 오른쪽 눈에 쌍꺼풀이 새로 생겼다. 결국 내 얼굴은 양쪽이 비대칭이 됐다. 왼쪽 신경을 같이 당기는 것 말고는 예전으로 되돌릴 방법이 없다고 했다. 그래서 지금도 내 얼굴에서 왼쪽은 원래 얼굴이지만 오른쪽은 수술로 달라진 얼굴이다.

그동안 병원 한번 안 가고 살다가 밀린 숙제를 한꺼번에 하는 모양이었다. 이듬해인 2014년에는 편도선 수술을 했다. 진작에 했어야 했는데 미루고 또 미루다가 〈마스터 셰프 코리아〉 시즌3 촬영을 모두 마친 후에야 겨우 수술할 여유가 생겼다.

종양 수술에 비하면 심각한 수술이 아니어서 걱정할 필요는 없을 줄 알았다. 수술 후 4박 5일간 입원했다가 퇴원하자마자 녹화장으로 달려갔다. 매주 고정 게스트로 출연하기로 되어 있었던 데다가 스튜디오에서 음식을 만들어 선보이고 멘트도 해야 하고 먹어보기도 해야 해서 책임감이 컸다.

아무 내색 없이 촬영을 시작한 것까지는 괜찮았다. 그런데 녹화가 끝날 무렵 수술 부위가 아프더니 피가 터져나왔다. 녹화장 뒤쪽에서 종이컵 반 잔 분량의 피를 토했다. 급한 대로 지혈을 하고 녹화를 마저 마친 다음 끝나자마자 다시 병원에 입원했다. 다시 4박 5일의 입원. 피가 굳어 기도를 막으면 위험하기 때문에 의사는 방송을 쉬더라도 절대적으로 휴식을 취하는 게 좋겠다고 했다. 안 그러면 후유증이 오래갈 수도 있다고.

하지만 5일 후 퇴원하자마자 다시 녹화장으로 향했다. 고정 게스트였던 이유도 있지만 나뿐만 아니라 다른 출연자들 모두 바쁜 사람들인데 나 하나 때문에 기다리게 하거나 펑크를 내기는 싫었다. 책임감도 책임감이지만 아프거나 약한 모습을 남들에게 보이고 싶지 않았다. 제작진 입장에서는 내가 아니더라도 얼마든지 다른 요리사를 섭외할 수도 있었겠지만 내 입장은 조금 달랐다. 내가 책임지고 맡았던 부분을 다른 이에게 쉽게 넘겨주고 싶진 않았다. 아무리 작은 역할일지라도 아무에게나 대체될 수 있는 존재이고 싶진 않았다. 쓸데없는 자존심일 수도 있겠으나 내가 뭔가를 맡았을 땐 그걸 끝까지 하는 게 맞다고 생각했다. 적어도 프로그램이 개편될 때까지는 내 역할에 최선을 다하고, 정리를 하더라도 내 선에서 끝내고 싶었다. 그래서 수술 부위의 통증도, 적지 않은 출혈도 녹화장에서는 되도록 티를 내지 않으려 했고 대수로운 일이 아닌 것처럼 보이려고 애를 썼다.

그렇게 녹화를 하고 피를 흘렸다가 끝나자마자 다시 입원하기를 여러 번. 결국 5일씩 총 세 번에 걸쳐 입원과 퇴원을 반복했다. 후유증이 지속되어 입원 일수만 보름에 달했다. 마침 추석 연휴가 끼어 있었지만 음식은 제대로 먹지 못했다. 덕분에 한 달 뒤에는 몸무게가 7킬로그램 넘게 빠져 있었다.

❦

나는 SNS를 전혀 하지 않는다. 홈페이지, 블로그, 페이스북, 트위터 같은 걸 운영해본 적도 없고 요즘 누구나 다 한다는 카톡도 하지 않는다. 휴대전화로는 문자와 통화 기능만 사용한다. 인터넷 댓글들도 거의 안 보는 편이고 사람들이 하는 말에 크게 신경 쓰지도 않는다. 방송 출연이 조금 늘어났다고 해서 연예인 비슷한 뭔가가 되었다고 생각해본 적도 없다.

다만 어디서 어떤 모습을 보이더라도 이것만은 지키자는 원칙이 있다. 거짓말하지 말 것, 욕심 부리지 말 것, 내가 할 수 있는 역할 안에서는 최선을 다할 것. 재미있는 사람이 아니라서 재미있으려고 억지로 노력하지 않고, 농담을 잘하는 사람이 아니라서 농담을 굳이 많이 하려 하지도 않지만, 내가 줄 수 있는 정보나 아이디어에 관해서는 최선을 다해 전달하는 것이 방송 안에서의 내 몫이라고 생각한다. 그래서 내가 맡은 바는 조금 무리를 해서라도 끝까지 해내려고 하는 편이다. 수술 직후의 후유증을 무릅쓰고 굳이 녹화를 강행했던 것도 최소한 무책임한 사람은 되고 싶지 않아서다.

우연한 기회에 방송을 시작하긴 했지만 본래의 나 자신과 다소 동떨어진 모습으로 화면에 비칠 때면 스스로를 돌아보게 된다. 방송 경력이 한 해 두 해 쌓여가면서 나도 모르게 내 말투가 아닌 말투로 말하지는 않았는지, 다른 사람들의 톤에 맞춰가고 있진 않았는지, 무책임한 말이나 행동을 하지는 않았는지, 오만하게 굴지는 않았는지, 그리고 처음의 마음가짐을 잃어버리지는 않았는지 생각해본다.

운동하는 사람이 가장 소중하게 간직해야 하는 것도 결국은 초심, 즉 맨 처음 시작할 때의 마음가짐과 긴장감이다. 고수인 검정띠라 해도 초보자인 흰띠의 발차기에 나가떨어지지 말라는 법은 없다. 오히려 초심자의 섣부른 발차기가 더 위험할 수 있고 상대방에게 더 큰 상처를 줄 수도 있다. 힘 조절이 서툰 초심자는 상대방을 세련되게 제압하지 못하고 뼈를 부러뜨릴 수 있다. 그래서 검정띠를 두른 사람도 '흰띠 주제에 감히 나를 쓰러뜨릴 수 있겠어?'라는 안일한 생각은 대단히 위험하다. 초심과 긴장감, 조심하는 마음을 잃어버릴 때, 검정띠도 흰띠에게 당할 수 있고 큰 상처를 입을 수 있다. 요리도 그렇다. 처음 시작했을 때의 마음으로 요리를 하지 않으면 말도 안 되는 돌발적인 실수가 언제 갑자기 나올지 모른다. 초심을 잃은 요리사는 그 요리를 먹는 손님과의 관계는 물론이고 다른 요리사들에게도 좋지 않은 영향을 끼친다.

만약 종양 수술 결과가 달랐더라면 나는 지금과 조금 다른 모습으로 살았을지도 모른다. 평생 요리를 하는 큰 흐름은 달라지지 않았겠지만, 작은 부분들에서는 변화가 있었을지도 모르고 지금 하고 있는 일들을 하지 못하게 되었을지도 모른다. 그래서 더더욱 늘 조심하자는 생각을 한다. 뭘 하든 처음 시작하는 마음으로 할 것, 변하지 말 것, 책임을 다할 것. 몸이 아파 피를 좀 흘리더라도 반드시 지키고 싶었던 것들이다.

나의 일은 아직 끝나지 않았다

맛있고 특별한 음식은 우리를 관대하게 하고
미식가는 사람을 책망하지 않는다.
_라타피

한동안 이태원 등지에서 레스토랑을 몇 군데 운영하기도 했다. 하지만 방송 출연이 늘어나면서 미련 없이 모두 접어버렸다. 여러 이유가 있었으나 주방에만 집중하지 못할 거라면 차라리 안 하느니만 못하다는 생각이 컸다.

주방에 있을 때의 나는 대하기 편한 사람은 아니었을 것이다. TV에 비춰지는 심사위원으로서의 모습보다 훨씬 엄격했기 때문에 요리사들끼리 내 뒷담화도 적잖이 했으리라 심작한다. 한번은 주방 청소 상태가 하도 엉망이어서 요리사들을 불러놓고 야단을 친 적이 있다. 그냥 말로만 해서는 안 될 것 같아 좀 더 확실하게 각인시키려고 요리사들 보는 앞에서 음식을 바닥에 집어던졌다. 그리고 물어봤다.

"너희 이거 주워 먹을 수 있어?"

그러자 몇 명이 기어들어가는 목소리로 간신히 대답을 했다.

"아니요. 못 먹겠습니다."

"이것도 주워 먹지 못할 정도로 주방을 왜 더럽게 해놓는 거야? 이런 주방에서 음식을 만들어서 손님에게 내갈 수 있어?"

다들 고개를 숙이고 아무 말도 못했다. 야단을 치고 다그치는 데에는 타당한 이유가 있고 뜻이 있음을 알아주길 바랐지만, 정말로 내 말을 알아들었는지 아니면 '저 셰프가 또 우릴 괴롭힌다'고만 생각했는지는 나도 모를 일이다.

누군가는 요리사를 멋있는 직업이라고 생각할 수도 있고, 또 누군가는 요리하는 일이 뭐가 대단하냐고 생각할 수도 있다. 하지만 요리사는 단순히 요리를 잘하는 사람을 뜻하지는 않는다. 아무리 어제까지 잘했어도 오늘 못했다면 그건 무조건 못한 것이고, 아무리 오늘 만든 요리가 맛있어도 내일 다른 맛을 내면 절대 안 되는 게 요리사의 일이다. 메뉴판에 있는 요리 하나하나를 수백 번이든 수천 번이든 똑같은 모양과 맛으로 만들어야 하고, 그 요리를 손님들이 좋아하게 해서 이익으로 만들어야 한다. 오늘내일 장사로 끝나는 게 아니라 그런 일을 평생 해야 한다.

때문에 지금 요리 실력이나 기술이 조금 모자란 건 괜찮다. 부족하면 뭐 어떤가? 모자란 부분은 채워나가고 발전시키면 된다. 조급하게 생각할 이유가 전혀 없다. 요리를 정말 좋아하고 평생 요리를 할 거라면 말이다.

뻔한 말 같지만, 화려한 기교를 부리고 레시피를 달달 외우는 일보다 중요한 건 인내와 성실함이다. 남들보다 예민한 미각과 후각을 타고나면 더 좋겠지만 그래도 타고난 것보다는 노력이다. 단 한 접시의 간단한 요리라도 자기만의 생각과 철학을 가지고 마음을 담아서 만들려는 노력.

그러한 노력 가운데 가장 핵심은 요리를 '나의 일'이라고 생각하느냐다. 요리를 나의 일이라고 생각하고 지금 일하는 식당을 나의 가게라고 생각한다면 누가 시키거나 잔소리를 하기 전에 마음에서 우러나와 스스로 노력하고 싶어진다. 장차 '남의 식당'이 아닌 '나의 식당'을 운영하겠다는 꿈을 지닌 사람이라면, 비록 지금 일하는 식당이 내 식당이 아닐지라도 마치 나의 식당인 것처럼 모든 일을 열심히 해야 함을 절대 잊지 말아주었으면 한다. 그래서 이 일은 정해진 시간에 출퇴근하고 위에서 시키는 것만 하면 되는 일과는 성격이 좀 다르다. 정말로 나의 일로 여긴다면 퇴근 시간이 몇 시인지는 상관이 없을 테니까.

처음 런던에 갔을 때 나는 여러모로 부족한 사람이었다. 무엇보다도 인종이 다른 사람이었다. 백인이 대부분인 주방에서 피부색이 다르고 몸집도 작은 동양인을 차별하리라는 건 충분히 예상할 수 있는 일이었다. 입장 바꿔 생각한다면, 궁중음식을 전문으로 하는 우리나라 고급 한식당에 동남아시아 출신의 나이 어린 외국인이 일하러 온다면, 기특하게 생각하고 친절하게 대해주는 선배들도 있겠지만 '네가 감히 한국 음식을 이해할 수 있겠어?'라며 노골적으로 차별하는 이들도 분명 있을 것이다. 그러니 서양 음식을 만드는 레스토랑에 일하러 온 동양인을 그들이 우습게 보는 건 어쩔 수 없는 일이었다. 지금 우리나라 사람들은 동남아에서 온 외국인 노동자들에게 차별의식을 갖고 있지만, 서양인들 눈에는 한국이나 동남아나 별반 다를 것도 없다. 심지어 중국과 일본은 알지만 한국이란 나라가 어디 붙어 있는지 모르는 이들도 있었다. 실제로 내가 런던에 있었던 2002년도에 치러졌던 한일 월드컵의 'Korea Japan'이라는 타이틀을 본 영국인들 중에는 Korea가 Japan의 도시 이름인 줄 아는 이들도 적지 않았다.

그런데 이러한 인종 차별보다 더 힘들었던 건 '동양인 주제에 프랑스 요리를 어떻게 알겠어?' 하는 시선이었다. 그 사람들은 어릴 때부터 혀에 익숙하게 접한 자기 문화권의 음식이지만 나는 성인이 되어서야 접하게 된 맛이었기 때문이다.

따라서 나는 그들보다 더 노력하지 않으면 안 되었다. 동료들이 모두 퇴근하고 영업이 끝나도 '나의 일'은 아직 끝나지 않았다고 느껴질 때가 많았다. 그런 날에는 셰프에게 따로 이야기하고 양해를 구했다.

"저는 아직 일이 끝나지 않아 집에 못 갈 것 같습니다."

셰프에게 잘 보이기 위해서가 아니라 정말로 내가 많이 부족했기 때문에, 오늘 밤 이걸 끝내놓지 않고 집에 가버리면 다음 날 더 힘들겠다는 게 보였다. 스스로 하기로 한 일을 밤새워 하고, 집에 갔다 올 시간이 모자라면 새벽에 가게 한구석에서 잠깐 쪽잠을 잤다. 다음 날 아침이면 마치 가장 먼저 출근한 사람처럼 가게 물건도 직접 받아놓고 그중 내가 쓸 식재료들도 일찍 챙겨놓곤 했다.

요즘 젊은 친구들은 그건 노동 착취 아니냐고, 일을 추가로 더 했으면 수당도 더 받았어야 되는 거 아니냐고 할지도 모르겠다. 하지만 당시 나는 그런 생각이 전혀 들지 않았다. 누가 시켜서가 아니라 정말 나의 일이라고 생각했으니까. 그리고 노력하고 발전하는 사람에게 얼마든지 기회를 주고 인정을 해주는 환경에서 그런 사고방식을 당연하게 여기는 사람들과 일을 해왔으니까.

불과 칼을 다루는 일이기에 요리사의 손은 대개 흉터투성이다. 하지만 진심으로 요리를 좋아하고 나의 일로 여기는 사람들에게는 상처조차도 상처가 아니다.

내 손도 예외는 아니다. 손바닥에 있는 기다란 흉터도 그중 하나인데 오래전에 큰 칼을 다루다가 실수로 살을 크게 베였던 자국이다. 살이 꽤 많이 찢어져 어쩔 수 없이 병원에 가서 꿰매기는 했지만, 꿰맨 손을 안고 즉시 주방에 복귀해 계속 일을 하는 바람에 여러 번 벌어지기를 되풀이해서 흉터가 크게 남았다.

한창 혈기왕성한 20대여서 더 그랬겠지만 지금 생각하면 좀 미련하다 싶을 정도로 병원을 안 가고 살았다. 몸이 아프거나 다치는 걸 대수롭게 생각해본 적이 없었다. 과로가 누적되는 바람에 팔다리를 비롯해 온몸의 털이 죄다 빠진 적도 있고, 근육통이 심해 몇 달간 목과 어깨를 가누지 못하기도 했고, 자정이 훨씬 넘어 퇴근하고 돌아와 '맥주 한 잔만 마셔야지' 했다가 맥주 캔을 손에 든 채로 소파에서 기절하듯 잠든 적도 있다. 파인애플 다루는 작업을 하다가 파인애플의 강한 산성 성분이 손톱 사이사이에 스며들어 손가락 열 개 중 다섯 개의 손톱이 빠진 적도 있다. 한번은 손톱 안쪽 살에 생선 가시가 깊이 박혀서 바로 뽑아냈는데 그게 속에서 곪으며 통통 부었다. 밤에 자다가 깰 정도로 통증이 심했는데, 어떻게 할까 하다가 발뒤꿈치로 손가락을 팍 밟았더니 속에서 고름이 툭 터져 나왔다. 그제야 좀 시원해져서 수건으로 말고 다시 잠자리에 들었던 기억이 난다. 병원에 갈 시간이 없을 정도로 바쁜 것도 이유였지만 사실 그 정도 다친 걸로 병원에 간다는 생각을 그땐 하지 못했다. 칼에 베거나 불에 덴 정도의 상처에는 소금과 레몬즙을 뿌려 소독하고 기껏해야 밴드를 붙이는 게 다였다. 그만큼 주방에선 웬만한 상처쯤은 일상다반사였다.

게다가 나만 아프고 나만 다치는 게 아니라 선배들과 동료들도 다들 다치고 아픈 일이 너무 흔했기 때문에 엄살을 부릴 수도 없었다. 감기몸살 정도는 쉴 이유조차 되지 못했다. '감기 따위에 못 나올 거면 넌 여기서 일할 필요 없다'며 한 대 얻어맞기 십상이었다. 아파서 하루 자리를 비우면 언제든지 다른 후배들이 치고 올라올 수 있다는 생각에 어떻게 해서든 아픔을 이겨내려 했다. 모두가 그렇게 일했기 때문에 억울하거나 부당하다고 느끼지 않았다. '내가 이 정도로 열심히 했기 때문에 너보다 더 실력이 좋고 너보다 더 위에 있는 거다'라는 분위기를 선배들이 이미 만들어놓았다.

아파도 아프지 않았던 건, 요리를 정말 나의 일이라 생각했기 때문이다. 나의 일이었기에 아프고 다치는 것조차 당연한 과정이었다. 늘어나는 흉터들은 요리사로 성장해간다는 증거이자 영광의 상처였다.

그리고 그런 게 굉장히 멋있고 근사하게 보였다. 아픈데도 아무렇지 않게 일하고 상처가 나도 툭툭 털고 일어서서 꿋꿋하게 일하는 모습들이.

어떤 분야긴 마찬가지가 아닐까 싶다. 뭔가를 내 것으로 만들고 싶다면 방법은 하나, 내 일처럼 하는 것이다. 남의 일이라고 생각하는 한 그건 영영 남의 것으로 남을 뿐 내 것이 되긴 어렵다. 정말 나의 일로 여기고 올인한다면 그 과정에서 받는 상처들조차도 언젠가는 온전한 내 것이 된다.

훌륭한 스승은 훌륭한 제자가 만든다

좋은 음식은 좋은 대화로 끝난다.
_조프리 네이어

"작년 한 해 동안 감사했습니다. 올 한 해도 아무쪼록 잘 부탁드립니다."

매년 새해가 되면 나는 선생님께 꼭 이런 인사를 드린다. 그러면 선생님도 "나도 잘 부탁할게"라고 말씀해주신다.

평생을 자기 일에 매진하고, 많은 제자들을 길러내며, 그 제자들이 훌륭한 길을 갈 수 있도록 기술뿐만 아니라 정신적인 부분까지 넓고 깊은 가르침을 주는 사람. 스승이라는 존재는 내가 갖춰야 할 것들이 무엇인지를 잊어버리지 않도록 상기시켜주는 이정표와도 같다.

스승으로부터 요리를 배운다는 것은 단순히 조리법과 기술을 배운다는 뜻은 아니다. 요리사로서 갖춰야 할 인성을 배우는 일이기도 하고, 나아가 어떤 인생을 살아나갈지 배우는 것과도 다르지 않다.

무도에서 스승에게 배우는 것 역시 상대방을 넘어뜨리는 기술만은 아니다. 기술 몇 가지가 아니라 오랜 세월에 걸쳐 연마하고 쌓아온 '힘'의 원리를 배운다. 그건 바로 신체 근력이나 지구력보다 더 근본적인 힘, 중력을 다룰 수 있는 능력을 뜻한다. 긴 시간 동안 꾸준히 수련한 사람만이 지닐 수 있는, 그래서 물리적인 힘만으로는 대적할 수 없는 내공이자 연륜이다.

무도를 오래 연마한 노스승들의 몸을 보면 요즘 젊은 사람들이 선호하는 소위 빨래판 복근 같은 건 없다. 그 대신 몸 중심부의 근육이 앞뒤로 판판하고 단단하게 퍼져 있어 전체적으로 다부진 모습이다. 그런 근육, 그런 몸의 내공을 가진 스승은 손가락만 살짝 놀려도 젊은 사람들을 꼼짝없이 제압하거나 무력하게 나가떨어지게 할 수 있다.

비슷한 연배의 선후배끼리 수련할 때는 아무리 연습해도 깨닫지 못하다가, 스승이 가볍게 한번 잡아주고 나면 신기하게도 그 힘이 내 몸에 익혀지는 놀라운 순간이 있다. 몸을 통한 가르침을 나도 모르게 내 몸이 훅 빨아들인다. 그러고 나면 그 다음부터는 그 동작의 포인트, 혹은 그 동작의 힘을 정확하게 쓰기 위한 핵심 요령이 비로소 눈에 들어오기 시작한다. 하루아침에 배울 수 있는 것도 아니고, 아무나 가르쳐줄 수 있는 것도 아니다.

손가락 두 개로도 상대방을 꼼짝 못하게 만들 수 있는 무도의 경지, 가볍게 소금 몇 번 뿌리는 것만으로도 기막힌 맛을 낼 수 있는 요리의 경지. 그런 경지에 이른 사람들만이 스승이 될 수 있다. 자신의 기술과 실력에 확신이 있는 사람, 그만큼 빈틈이 없는 사람, 설령 작은 빈틈이 있더라도 다른 무엇으로든 채울 수 있을 만큼 여유 있는 사람, 그래서 어느 누구에게도 당하지 않을 공력을 갖춘 사람만이 존경받을 수 있고 제자들을 거느릴 수 있다.

요리사로 살면서, 그리고 무도를 수련하면서, 내가 스승이라 여기며 가르침을 받은 분들이 있다. 평생에 걸쳐 미슐랭 쓰리스타 레스토랑을 여럿 운영한 피에르 코프만 셰프, 중요 무형문화재이자 궁중음식 기능보유자인 한복려 선생님, 무도를 가르쳐주신 윤대현 선생님, 그 밖에 단골 음식점 사장님들부터 농사짓는 선배까지, 평생에 걸쳐 묵묵히 자기 일을 해온 각 분야의 고수들이 내겐 스승이나 다름없다. 그 사람의 재능을, 기술을, 철학을 배울 수 있다면 누구건 스승으로 삼을 수 있다.

그러한 스승들 가운데 누구도 나에게 먼저 와서 "열심히 해봐" 같은 격려를 해준 적은 없다. 정말 그 일을 좋아한다면 먼저 끌어주거나 격려해주는 이가 없더라도 본인이 스스로 열심히 하게 돼 있다. 남이 열심히 하란다고 해서 열심히 하게 되는 것도 아니고, 누군가가 "넌 이 일에 소질이 있어"라고 인정해주길 바랄 이유도 없다. 그런데 이러한 스승과 연을 맺고 가르침을 받고자 한다면 스승이 제자를 찾는 것이 아니라 제자가 스승을 먼저 찾아가는 것이 순서다. 내가 잘나서 스승이 불러주는 것도 아니고, 가만히 있는데 누군가가 내 손을 잡아주길 기다려서도 안 된다. 정말 배우길 원한다면 본인이 먼저 찾아가 배움을 청해야 한다.

그 뒤로 스승과의 신뢰 관계 유지는 전적으로 제자에게 달렸다. 제자가 할 수 있는 일은 꾸준히 노력하는 모습을 보여드리는 것뿐이다. '나한테 배우는 사람으로서 굳은 마음으로 열심히 하고 있구나'라는 게 스승 눈에 보일 수 있도록 말이다. 그 노력과 시간이 차곡차곡 쌓여갈 때 비로소 제자 된 자로서 스승의 신뢰를 받을 수 있다.

누군가에게 나를 소개할 때 "선생님께 배우고 있는 과정입니다"라고 표현하는 이유는, 훌륭한 스승에게서 배울수록 나 자신이 아직 얼마나 부족한지가 보이기 때문이다. 스스로 부족한 점이 보이는데 감히 오만한 모습을 보일 수는 없을 것이다. 그래서 말 한 마디, 행동 하나도 늘 신경이 쓰이고 행여 내가 한 말 한 마디가 누군가에게 영향을 끼칠까 봐 긴장하게 된다. 최소한 선생님 이름에 먹칠하거나 누를 끼치는 제자는 되지 말아야 하니까.

아직까지 우리나라에서 요리사는 장인이나 아티스트로서 '존경'받는 직업은 아니다. 다만 예전에 비해 어느 정도 '존중'받는 직업이 되었을 뿐이다. 요리사가 존경받는 존재가 되기 위해서는 요리사들 스스로 지금 자신의 모습을 돌아보고 각성할 필요가 있다.

요리사로 산다는 건 어떤 면에서 보면 매우 고독한 일이다. 주방에서 다른 요리사들과 함께 일하는 것 같지만, 여러 가지 난관이 닥칠 때마다 혼자 헤쳐나가는 것 말고는 방법이 없다. 혼자만의 노력으로 도저히 해결이 안 되거나 모자란 점이 느껴진다면, 혹은 스스로가 정체되어 있거나 매너리즘에 빠진 양 느껴진다면, 그 부분을 반드시 채워야 한다. 이때 스승이라는 존재가 반드시 필요하다. 스승의 가르침을 통해 부족한 부분을 채워야만 스스로 원하는 모습을 향해 나아갈 수 있다.

누구나 인정하는 그 분야의 천재나 장인을 찾아가 그들을 닮으려고 노력하다 보면, 나도 언젠가는 천재는 아니어도 수재 정도는 될 수 있지 않을까. 그리고 언젠가는 스승님들로부터 배운 정신, 기술, 마음가짐을 후배들에게 전달해주는 사람이 되고 싶다.

훗날 이루고 싶은 여러 가지 계획들 가운데 요리학교를 세우는 일도 들어 있다. 이론보다 철저히 실전을 위주로 하는 학교, 졸업과 동시에 주방에 투입되어 일을 시작할 수 있는 실력을 갖추게 해주는 학교를 말이다. 하지만 그 전에 나 자신의 부족한 점을 꾸준히 채워가야 하리라. 매년 "잘 부탁드립니다"라고 인사드릴 수 있는 제자로서, 입보다 귀를 활짝 열어 스승의 이야기를 귀담아들으며 교감하고 생각에 잠기는 시간들을 많이 만들려고 한다.

1만 시간으로는 모자라다

건강을 유지하는 유일한 길은 원하지 않는 것을 먹고,
좋아하지 않는 것을 마시고, 하기 싫은 일을 하는 것이다.
_마크 트웨인

어떤 분야에서든 1만 시간 동안 노력하면 전문가가 될 수 있다는 '1만 시간의 법칙'이 있다. 1만 시간을 투자하려면 하루 3시간씩 10년이 걸린다고 한다. 그런데 나는 이 이야기를 처음 들었을 때 고개를 갸우뚱했다. '겨우' 1만 시간 갖고 될까 싶어서다.

20대 때 나는 하루 3시간이 아니라 18시간씩 주방에서 일을 했다. 일주일에 96시간 이상 일을 했으니 일반적인 근로 시간보다 두 배 이상 일한 셈이다. 쉬는 날이나 좀 적게 일한 날들을 다 뺀다고 하더라도 1만 시간이 되기까지 2년도 안 걸렸다. 그렇다면 내가 2년 만에 전문 요리사가 되었단 얘긴가?

지금까지 20년 넘게 요리사로 살았고, 그중 외국 주방에서는 하루 열 몇 시간씩 10년 가까이 일했다. 그러나 '이제 내 요리가 완벽해졌으니 더 이상 안 배워도 되겠다'는 생각은 해본 적이 없다. 어제보다 더 나아지기 위해 노력할 뿐, 뭔가를 다 이뤘거나 정점에 도달한 건 아니다.

우리말 표현 가운데 '장이'가 있고 '쟁이'가 있다. 장이는 어떤 일을 직업으로 갖고 있는 전문가를 지칭할 때 쓰는 말이고, 쟁이는 어떤 일과 관련한 습관을 갖고 있거나 전문가까지는 아닌 취미 정도로 하는 사람을 가리키는 말이다.

요리사 중에도 '요리장이'가 있고 '요리쟁이'가 있다. 요리장이는 자기 요리에 책임을 지는 사람이다. 정해진 시간에만, 혹은 월급 받는 만큼만 요리를 하는 것이 아니라 생활 자체가 요리인 사람이다. 주방 안에서도 밖에서도 요리가 가장 중요하고, 단순히 한 그릇만 맛있게 만드는 게 아니라 백 그릇, 천 그릇을 똑같이 만들수 있어야 하며, 새로운 요리에 대한 창의적인 아이디어를 끊임없이 생각해야 한다. 그러나 요리쟁이는 자기 요리에 책임을 지지는 않는다. 요리를 즐기고 기교도 웬만큼 있을지 모르지만 흔들리지 않는 자기만의 기준은 아직 갖고 있지 않다. 남들의 기준에 휩쓸리거나 남 탓을 하거나 남을 시기하기도 한다.

간혹 요리를 취미 정도로 여기는 '쟁이'이면서 마치 '장이'인 양

떠벌리고 다니는 사람들이 있다. 현장에서 제대로 뛰어보지도 않았으면서 전문가인 양 뽐내거나 유명세만을 바라는, 장이를 가장한 쟁이들. 개인적으로 '셰프'라는 타이틀을 별로 신뢰하지 않는 것도 그 때문이다. 셰프는 분명히 장이에게만 붙여줄 수 있는 말인데, 장이가 아닌 쟁이들도 죄다 셰프로 불리고 있기 때문이다. 나는 스스로를 장이라고 여기고 있으나, 장이만으로는 부족한 게 많아 더 열심히 해서 '장인'의 경지가 될 수 있도록 노력하는 과정에 있다고 생각한다. 그러나 최근 들어 셰프라고 불리는 사람들이 많아지자, 쟁이인데 장이인 척하며 똑같이 셰프라 칭해지는 사람들과 같은 무리로 취급될 때도 있다.

충주에서 철갑상어 양식장을 운영하는 한상훈 박사님도 내가 무척 존경하는 분이다. 레스토랑을 할 때 이곳에서 캐비어를 사다 쓰던 것을 계기로 직접 찾아뵈면서 많은 이야기를 나눌 수 있었다.

보통 철갑상어 알을 얻으려면 철갑상어 배를 갈라 죽여야 하지만, 그는 철갑상어가 살아 있는 상태에서 산란 직전에 알만 빼내는 기술을 갖고 있다. 이 기술을 보유한 전문가는 전 세계적으로도 서너 명에 불과하다고 한다. 살아 있는 상태에서 채취한 캐비어는 껍질이 단단해 식감도 기존 캐비어와 다르고 모양도 좋다. 철갑상어는 평균 80~100년을 살 정도로 수명이 길고, 태어난 지 18~20년은 되어야 알을 얻을 수 있다. 세계 3대 진미라고 일컬어지는 캐비어를 얻기 위해 철갑상어를 너무 많이 포획하고 죽인 결과 철갑상어가 전 세계적으로 귀해지고 말았는데, 알을 얻고도 계속 살려둘 수 있다면 질 좋은 캐비어를 80년은 더 얻게 되니 사람과 철갑상어 모두에게 좋은 일이다.

그가 철갑상어 양식장에 모든 것을 쏟은 지 20년. 치어였던 철갑상어가 이제야 알을 낳기 시작했고 이제 막 부화한 치어들이 알을 낳을 때까지는 앞으로 20년을 더 기다려야 한다. 그의 나이 60세가 넘었으니 당장의 사리사욕을 생각했다면 시작도 못했을 일이다. 철갑상어들을 정말 자식처럼 키우고 있기 때문에, 앞으로 수백 년을 바라보고 이 사업을 꾸준히 이끌어갈 사람에게만 양식장을 물려주고 싶다고 이야기하셨다.

이처럼 뭔가를 이뤄가기 위해 평생을 건다는 것, 심지어 자신의 사후까지 수백 년을 바라보며 노력과 정성을 들인다는 것은 평범한 사람으로선 쉽게 상상하기 어려운 일이다. 어떤 분야든 그런 훌륭한 생각을 갖고 자기 일을 해나가는 사람들을 보면 존경심이 우러나온다. 어린 나이에 천재적 재능을 꽃피우거나 젊어서 반짝 빛나는 사람들보다는 오랜 세월 꾸준히 자기 길을 가며 내면에 자기 세계를 확고하게 쌓아가는 사람들의 정신을 배우고 싶다.

평생 동안 한식의 길을 가고 있는 한복려 선생님도, 가벼운 손놀림만으로 상대방을 제압하는 윤대현 선생님도, 수백 년 뒤까지 바라보며 철갑상어를 키우는 한상훈 박사님도, 저마다 분야는 다르지만 하루라도 더 가까이 뵙고 본받고 싶은 분들이다. 그런 분들에게 배우다 보면 나도 나중에 머리가 희어질 때쯤, 비록 그들처럼 완벽한 경지는 아닐지라도 적어도 지금보다는 더 나은 지점에 다다를 수 있지 않을까.

어떤 분야에서 전문가가 되기 위해서는 노력만이 다는 아니다. 지식의 양과 정비례하는 것만도 아니다. 타고난 재질이라는 것도 어느 정도는 필요하다. 악기 연주가가 되고 싶은데 음감이 너무 없다면, 가수가 꿈인데 음치라면, 아무래도 음악 하는 사람으로 살아가는 데는 한계가 있을 것이다. 스펙이나 경력과 상관없이, 성적이나 학력과 상관없이 '감각'을 갖고 있는 사람도 있고, '정답'보다 '해답'을 내놓는 사람도 있다.

공부하고 책 보고 스펙 쌓아서 얻는 게 '정답'이라면, 정해진 답이 아니더라도 현명한 혜안으로 터득하는 게 '해답'이다. 해답은 감각으로 얻어지는 것이기도 하지만, 오랜 시간 공들여 그 일에 매진해야만 체득할 수 있는 경험이자 지혜다. 요리를 예로 들면, 식재료를 수없이 접해보고 경험한 결과 재료의 본질을 이해하게 되고 요리에 대한 혜안을 갖게 되는 게 중요하다. 어떤 고기를 며칠 숙성시켜야 하고 몇 센티미터로 잘라 몇 분 구워야 한다는 단편적인 지식이 아니라, 숙성 과정에 따라 조직이 어떻게 분해되니 그에 따라 고기를 얇게 썰지 두껍게 썰지, 구울 땐 어떻게 구워야 맛있는지를 한번 만져보기만 해도 읽어낼 수 있어야 한다.

요리사가 될 자질이 부족하다는 건 예를 들어 이런 거다. 난생처음 보는 생선회를 접했을 때 그 생선이 어떤 맛인지 먹어도 보고 다른 생선 맛과 비교도 해보는 것이 아니라 무조건 고추장과 마늘과 초생강 듬뿍 넣어 상추쌈 싸서 배불리 먹고 끝내는 사람이라면, 음식에 대해 관심이 있는 사람이라고 보긴 어렵다. 음식에 대한 호기심과 관심이 없다면 아무리 좋은 요리학교를 다니고 레시피를 외워도 남이 뭐라 하기 전에 스스로 한계를 느낄 날이 온다. 그중에는 요리사가 되고 싶은 게 아니라 흰 유니폼 입고 주방에 서서 멋진 포즈로 굽고 볶고 요리하는 '행위' 그 자체가 멋있어 보여서 요리사가 되고 싶어 하는 사람들도 적지 않다. 그런 사람들 역시 평생 요리사로 살기는 어려울 것이다.

후각이 둔감한 사람도 좋은 요리사가 될 자질이 있다고 보긴 어렵다. 후각과 미각은 떼려야 뗄 수 없는 관계로, 기본적으로 후각이 예민해야 간도 잘 볼 수 있다. 한 예로 정신없이 음식을 만들어야 하는 주방에서는 미세한 탄 냄새를 누가 먼저 잡느냐에 따라 요리사의 능력이 판별되는 경우도 있다. 주방에서 어떤 초보 요리사가 실수로 음식을 약간 태웠는데 탄 부분만 살짝 긁어내고 접시에 담았을 때, 그걸 냄새로 포착하고 "그쪽에서 탄 냄새가 나는데? 가지고 와봐" 하고 잡아낼 수 있을 정도가 되어야 한다. 조금이라도 탄 부분이 있다면 그건 이미 손님에게 내갈 수 없는 변질된 음식이다. 그런 부분까지 파악할 수 있어야 그 주방을, 그 식당을 책임지는 위치에 오를 수 있다.

이처럼 요리사가 되려면 여러 가지가 뒷받침되어야 하고 감각도 어느 정도는 있어야 한다. 그러나 타고난 것보다는 노력을 통해 발전시킬 수 있는 부분이 더 많다. 시간과 노력을 들여야 한다는 얘기다. 요리에 재능이 없는 사람이란 한마디로 그냥 '게으른' 사람이다. 게으름과 무책임함이야말로 요리사의 가장 큰 적이다.

그래서 나는 1만 시간의 법칙을 믿지 않는다. 자신의 모든 걸 걸고 행복하게 할 수 있는 일, 자기 자신이 행복하면서 동시에 다른 사람들에게도 좋은 영향을 끼칠 수 있는 일, 나아가 자신의 삶이 남들에게 귀감이 되고 역사가 될 수 있는 일을 평생 하는 데 1만 시간은 턱없이 부족하다. '쟁이'에서 '장이'가 되고, '장이'에서 다시 '장인'으로 발전하기 위해서는 1만 시간을 보냈느냐가 아니라 그 시간들을 어떻게 보냈느냐가 더 중요하다.

남과 여, 그 사이의 간합

남자의 심장으로 통하는 길은 위장에 있다.
_훼니 훤

2012년 초겨울, 나는 아빠가 되었다. 언젠가는 딸을 갖고 싶다는 바람이 정말로 현실이 되었다. 연애 시절에 아내에게 이런 말을 한 적이 있다. 우리가 낳은 딸아이가 당신을 닮으면 정말 예쁠 것 같다고. 이 말이 아내에게는 일종의 프러포즈와도 같았다고 한다.

결혼 소식과 함께 '요리사와 가수의 만남' '연상연하 커플' 같은 수식어가 따라붙었다. 내겐 '가요계의 매형' 또는 '형부'라는 별명이 생겼다. 가수이자 작곡가로서 많은 후배 가수들과 연예인들의 보컬트레이너로 활동하고 있는 박선주의 남편이니 후배들에게 매형이거나 형부라는 것이다.

157

사람들은 결혼을 하면 인생의 많은 부분이 바뀐다고들 한다. 하지만 나는 그 말에 별로 공감이 안 간다. 한집에 살고 부모가 되었지만 상대방 때문에 각자의 삶이 변한 건 아무것도 없다고 생각하기 때문이다. 아내를 만나기 전이나 후나 같은 생각, 같은 가치관, 같은 인생관을 그대로 갖고 있다. 거꾸로 얘기하면 상대방의 인생관을 함부로 바꿔놓지 않고 그대로 유지하게 해줬기에 우리는 부부가 되고 가족이 될 수 있었다.

바뀐 게 딱 하나 있긴 하다. 냉장고 안에 아이에게 해줄 음식 식재료가 꽉 들어찼다는 것. 이거 하나만큼은 얼마든지 기쁘게 받아들일 수 있는 변화다.

아내와 나는 둘 다 독신주의자였다. 아내는 결혼 생각이 전혀 없을뿐더러 "미쳤다고 결혼을?" 하며 펄쩍 뛰던 사람이었고, 나 역시 결혼이라는 걸 해야 한다고 생각해본 적이 없었다. 연애를 하더라도 만약 현재 사귀는 사람이 결혼 이야기를 꺼내면 그 만남을 더 이상 계속할 이유가 없다고 생각했다. 그런 점에서 우리는 참 비슷했다.

다만 나는 아이를 낳아 키우고 싶다는 생각은 늘 있었다. 유럽에서는 커플이 결혼하지 않고 아이를 낳아 기르는 일이 보편적이라서 내 생각이 특이할 것도 없지만, 한국에서는 남녀와 나이를 막론하고 나를 이해해주는 사람이 거의 없었다. 사고방식도 그렇고 제도적으로도 어려운 일이라고 했다.

그런데 아내와는 이런 이야기를 나누는 게 처음부터 편안했다. 서로 결혼 이야기를 꺼낸 적은 한 번도 없는데 언제부터인가 미래에 낳을 우리 아이에 대한 대화를 나누고 있었다. 나도 아내도 그게 너무나도 자연스러웠다. 이 사람이라면 아이를 낳아 둘이서 잘 키울 수 있겠다고 느껴졌고, 다만 아내의 나이가 있으니 병원에 가서 건강을 체크하고 상담도 받아보면 좋겠다는 이야기를 나눴다. 그때까지도 '결혼식을 올리자'는 생각은 둘 다 전혀 없었다.

그러던 어느 날, 하루는 그녀가 꿈을 꿨다. 아름다운 바닷가에서 눈부신 태양이 뜨는 꿈. 얼마 후 우리가 예비 부모가 되었다는 사실을 알게 되면서 그 꿈이 태몽이었음을 비로소 깨달았다. 딸이라는 걸 알게 되자 이름도 공평하게 의논해서 짓기로 하고 각자 원하는 이름을 하나씩 내놓았다. 아내는 '솔'이라는 한글 이름을, 나는 '사랑받는 사람'이라는 뜻을 지닌 영어 이름 '에이미'를 제안해 둘을 합쳐 '강 솔 에이미'라고 지어주었다.

결혼식은 그냥 추억 삼아 조촐하게, 각자의 가족과 친구 몇 명만 불러 비공개로 하려 했다. 채플 웨딩으로 유명한 오키나와의 작은 채플도 예약했다. 아내는 결혼식도 혼인 신고도 필요성을 모르겠다고 주장했는데, 아이의 호적과 법적인 문제 때문에 반드시 해야 한다며 그녀의 지인들이 오히려 발 벗고 나서서 그녀를 설득했다.

나는 나대로, 마치 도망가서 결혼하는 것처럼 보이는 게 최선의 방법은 아닌 듯했다. 우리 신념대로 사는 것이 한국 사회에서 가수이자 여자로 사는 그녀에게는 괜한 구설수의 원인이 될 수 있기 때문이다. 그래서 그녀를 설득했다. 이건 좀 아닌 것 같다고, 어차피 아이를 낳고 함께 키울 텐데 누구 한 사람에게라도 상처가 될 수 있는 삶을 굳이 만들 필요는 없지 않겠냐고, 미안하지만 이번만큼은 내 생각을 따라줬으면 좋겠다고.

그래서 남들과 비슷한 모습으로 결혼식이라는 것을 올리기로 했다. 그러나 그건 연애를 했으니 당연히 결혼을 해야 한다거나 아이 때문에 당연히 식 올리고 부부가 되어야 한다는 관념은 아니었다. 앞으로의 인생을 함께할 우리 세 사람 모두에게 가장 행복할 수 있는 최선의 방법을 찾다 보니 결혼이라는 형식을 취하게 됐을 뿐이다.

남들 보기엔 그게 그거 아니냐고 할지 모르겠지만 우리 생각은 그랬다. 살다 보면 여러 가지 예기치 못한 일들이 생기게 마련이다. 그에 대한 해결책을 찾는 과정에서 어느 한 사람에게라도 상처가 되지 않을 가장 합리적인 방법을 모색하는 것, 이것이 우리 부부의 삶의 방식이다.

검술에서 상대방과 유지하는 거리를 '간합間合'이라고 한다. 검과 검이 만났을 때 찻잔 한 개 정도의 거리를 띄는 것을 말하는데, 검술을 비롯한 모든 무술에서 가장 중요시하는 개념이다. 그러나 유도나 레슬링처럼 서로 몸이 엉겨 붙어 싸워야 하는 스포츠에서는 크게 중시되지 않는다.

간합이란 일종의 안전거리다. 상대방과 내가 적당한 거리를 유지함으로써 상대도 나에게 상처를 주지 않고 나도 상대에게 상처를 입히지 않기 위함이다. 전장에서 싸울 때 간합이 깨진다는 건 곧 죽음을 뜻한다. 간합이 깨지는 순간 순식간에 목이 베이거나 팔다리가 잘려나갈 수 있기 때문이다. 그런 것처럼 마음의 간합이 무너지는 순간, 나나 상대방의 마음이 베일 수 있다.

사람과 사람의 관계에서도 거리를 유지하는 게 중요하다. 인간관계에서 간합이 깨진다는 건 상대방을 배려하지 않는다는 뜻이고 섣불리 상처를 준다는 뜻이다. 나는 성격상 남과 금방 친해지는 걸 어려워하고 아무하고나 소위 '친한 척'하는 것도 좋아하지 않기 때문에 누굴 만나건 시간을 들여 천천히 상대방을 이해하려 하는 편이다. 그래서 상대방도 나를 그렇게 이해해주길 바라게 된다. 그런데 우리나라 사람들은 이 간합을 유지하지 않으려는 경향이 강해 보였다. 만나자마자 나이를 비교하고는 빨리 말을 놓아야 하고, 빨리 친해져야 하고, 학연이나 지연에 의해 빨리 형, 동생 또는 선후배 관계를 맺으려 하는 방식들이 힘들게 느껴질 때가 많았다.

관계라는 건 억지로 만든다고 해서 만들어지는 것이 아니다. 상대가 나보다 한 살이라도 어리다는 이유로 또는 학교나 직장 후배라는 이유로 함부로 하대하고 무시하는 게 정당화될 수도 없다. 그건 가족 구성원끼리도 마찬가지다. 부모자식 간이라 할지라도 어느 정도의 거리는 필요하다. 특히 부부 사이가 그렇다. 가장 가까운 사이라는 이유로 서로에게 상처 주는 말을 함부로 내뱉는 부부는 간합이 깨진 부부라 할 수 있다.

연애할 때나 결혼하고 나서나, 아내와 나는 세상에서 가장 잘 통하는 친구이자 연인이다. 중간에 결혼식이라는 것을 치르고 부모가 되었을 뿐 둘의 관계는 달라진 바가 없다. 나는 나대로 아내는 아내대로 각자 자기 일을 열심히 하고, 상대방의 일과 생활에 대해 간섭하지 않으며, 시간이 맞을 때는 함께 술잔을 기울이며 살아가는 이야기를 나눈다. 생활비도 반씩 나눠 내고 적금 같은 것도 따로 들고 집 구할 때도 절반씩 공평하게 부담한다.

나는 아내가 내 아이의 엄마라는 이유로 육아에만 매달리는 것을 원치 않는다. 내가 아는 박선주라는 사람은 훌륭한 뮤지션이자 창의적이고 유연한 사고방식을 가진 사람이며 음악을 할 때 가장 멋있는 사람이다. 매사에 논리적이고 조리 있게 이야기할 줄 아는 능력이 존경스럽고, 나보다 방송 경력이 풍부하고 인맥이 넓기 때문에 때로는 훌륭한 조언자가 되어주기도 한다. 처음 만났을 때도 그 모습에 반했고 지금도 마찬가지다. 그렇기에 아이를 낳았다고 해서 자기 일을 미루거나 희생하는 건 당연한 일이 아니다. 아내가 나한테 바라는 것도 마찬가지여서, 내 뜻대로 나만의 요리 인생을 살아가라고 지지해준다.

상대방에게 일방적으로 뭔가를 강요하지 않고, 서로 다른 의견이 있을 때는 마치 '끝장토론'을 하듯 계속 토론을 한다. 어떤 결론으로 가는 것이 더 좋을지, 그쪽으로 가면 어떤 점이 더 나을지 이야기를 주고받다 보면 반드시 답이 나온다. 여느 부부처럼 다툴 때도 있지만 부부싸움이라는 것도 한쪽이 다른 한쪽을 이기겠다고 하는 건 아니다. 결국에는 더 논리적이고 합리적이라고 여겨지는 쪽으로 수긍을 하고 합의를 보게 되니까.

올해로 네 살이 된 아이는 얼마 전부터 놀이학교에 다니기 시작했다. 작년에는 세 식구가 육아 프로그램에도 잠시 출연했는데, 약석 달에 걸쳐 방영된 그 프로그램을 통해 아이가 편식하지 않고 뭐든 잘 먹는 모습이 공개되자 사람들은 요리사의 딸이라 다르다고들 했다.

하지만 요리사 아빠라고 해서 아이에게 뭔가 별난 음식을 해주는 건 아니다. 이유식 때나 지금이나, 좋은 식재료를 써서 가공을 많이 하지 않고 재료 본연의 맛을 살린 음식을 해줄 뿐이다. 당근

163

이면 당근이 맛있게, 브로콜리면 브로콜리가 맛있게, 달걀이면 달걀이 맛있게, 콩이면 콩이 맛있게 요리를 해주면 된다. 아이의 편식 때문에 고민하는 부모들이 많다고 하지만 사실 아이의 식습관은 부모의 영향이 크다. 부모가 채소를 싫어하고 채소 요리를 잘 못하는데 아이가 채소를 잘 먹긴 어렵다. 아이는 부모가 맛있게 먹고 맛있게 해주면 그게 맛있는 것인 줄 안다. 식습관만이 아니라 행동도 마찬가지다. 부모가 지저분하면 아이도 지저분할 것이고, 부모가 예의가 없으면 아이도 예의가 없을 것이다.

아이에게 입맛을 가르치는 방식에는 아이를 어떻게 키울 것인가에 대한 사고방식도 반영된다고 생각한다. 한번은 아이가 매운 음식을 먹어보겠다고 조른 적이 있었다. 어른들 먹는 매운 고추장 볶음 종류에 강한 호기심을 보였다. 나는 음식을 치우며 못 먹게 하는 대신 우선 설명을 해줬다.

"이건 네가 먹을 수 없어."

"왜?"

"이걸 먹으면 매워서 혀가 아파."

"아픈 거 나도 먹고 싶어."

"그럼 한 번만 먹어봐."

그리고는 젓가락으로 조금 집어서 아이 혓바닥에 살짝만 대줬다. 난생처음 혀에 매운 통각을 느낀 아이는 금방 얼굴이 빨개지더니 혀를 주무르는 시늉을 했다. 그 뒤로는 다시는 매운 것을 먹겠다고 하지 않았다. 이처럼 아무리 사소한 일이라도 부모 의견만을 일방적으로 강요하지 말고 아이 스스로 깨닫게 하자는 게 우리 부부의 중요한 육아 방침이다. 어리다는 이유로 아이 의견과 욕구를 무시한 채 부모가 옳다고 생각한 것만 강요하지도 말고, 반대로 아이가 원한다고 해서 무조건 응석을 들어주고 받아주지도 말자는 것이다.

아이가 넘어져서 울음을 터뜨려도 우리는 일으켜주는 대신 "괜찮아. 넘어져봐야 아픈 게 뭔지도 알 수 있는 거야"라며 스스로 일어날 때까지 기다려준다. 뭔가를 조를 때는 "네가 아무리 졸라도 엄마 아빠가 너한테 줄 수 있는 게 있고 줄 수 없는 게 있어"라고 이야기하고, 이따금 고집을 부리며 떼를 쓰면 "정말 미안하고 마음 아프지만 그건 해줄 수가 없어"라든가 "엄마가 안 되는 건 아빠도 안 되고, 아빠가 안 되는 건 엄마도 안 돼"라고 또박또박 이야기해준다. 서너 살짜리 어린 아이가 그런 말을 어떻게 이해하냐고 할지 모르겠지만, 아이들은 충분히 알아들을 능력이 있더라는 게 우리의 결론이다. 떼를 써도 안 되더라는 걸 깨닫는 순간 아이는 눈물을 거둔다. 잠시 떼쓰는 시늉을 하며 억지 울음소리를 내기도 하지만, "눈물이 안 나오지? 미안해서 어떡해?"라고 딱 끊어주면 아이는 떼쓰는 걸 슬그머니 멈추고 조금 있으면 언제 그랬냐는 듯 배시시 웃는다. 안 되는 건 안 된다는 것을 저도 아는 것이다.

나 자신이 부모가 되고 나자 내 어린 시절은 어땠는지, 그리고 내 어머니는 나에게 어떤 가르침을 주셨는지를 자주 떠올리게 된다. '우리 어머니라면 어떻게 하셨을까?' 하고 상상해보기도 한다. 그러면 이런 생각이 든다. 어머니가 나에게 하셨던 것처럼 나도 내 아이의 의견에 귀 기울이고 아이의 삶을 있는 그대로 존중해주자.

지금은 우리와 함께하고 있지만 아이에겐 아이의 인생이 있고 언젠가는 자기 인생을 살기 위해 우리 품을 떠날 것이다. 아빠라는 이유로, 엄마라는 이유로 아이의 인생을 대신 살아주진 못한다. 조언을 해줄 수는 있겠지만 어떤 삶을 살 것인지에 대한 방향을 정해줄 수도 없다. 그렇기에 아이가 어떤 교육 방식을 원하는지, 어떤 일을 좋아하고 어떤 인생을 원할지에 대해 언제나 귀 기울이는 부모가 되고 싶다.

비유하자면 산돼지 둘이 만나 부부가 되었고 아이를 낳았다. 이 아이가 산돼지의 삶을 원할지 집돼지의 삶을 원할지는 아직 모른다. 다만 나 자신이 학교라는 제도 안에서보다는 제도 밖에서 인생을 더 많이 배웠기 때문에, 내 아이에게 어떤 교육을 시킬지에 대해서도 유연하게 바라보려 한다.

아이가 학교 공부를 좋아할 수도 싫어할 수도 있지만 자식이 공부를 잘하는 게 부모의 자랑거리가 될 순 없다. 자식 자랑을 일삼는 부모치고 자기 인생을 잘 사는 사람은 별로 보질 못했다. 본인의 인생이 만족스럽지 않을수록 자식을 통해 만족을 얻고 남에게 자랑하고 싶어 한다. 예나 지금이나 한국 부모들이 특히 그렇다. 하지만 부모 인생을 만들어주는 건 아이가 아니다. 부모는 자신들의 인생을 열심히 살면 된다. 부모의 경험을 아이에게 가르쳐준다고들 하지만 어른이 가르쳐줄 수 있는 것은 자신의 과거일 뿐, 미래는 어른이 아이한테 가르쳐줄 수 있는 것이 아니다. 오히려 어른이 아이로부터 배워야 할 것이다.

나와 아내와 우리 아이는 그렇게 서로를 존중하는 삶을 살고 싶다. 여느 가정이 다 그렇듯이 앞으로의 인생에서 얼마든지 갈등도 있고 의견 충돌도 있을 것이다. 하지만 서로 합의점을 찾아가는 노력을 할 때, 그리하여 세 사람 사이의 '간합'이 지켜지도록 배려할 때 다 같이 좀 더 행복할 수 있으리라 생각한다.

빨리 늙고 싶은 이유

그대는 식사할 때는 서두르지만, 걸어갈 때는 한가하다.
그렇다면 왜 그대는 발로 식사를 하고 손바닥으로 걸어가지 않는가?
_칼릴 지브란

어린 시절 시골에서는 제사와 차례뿐만 아니라 경조사와 관련된 모든 행사를 직접 치렀다. 많은 장면들이 기억에 남아 있지만 그중 인상적이었던 건 초상 치르던 광경이다. 집안 어르신 누군가가 돌아가셨을 때 방 안의 병풍 뒤에 돌아가신 분 모셔놓는 것부터 상여 내가는 것까지 모든 과정이 다 전통 방식이었다.

가장 분주했던 장소는 역시 부엌이다. 큰 솥에는 육개장이 펄펄 끓고, 돼지머리 눌러서 편육도 만들고, 조문객들에게 내가는 술도 집에서 담근 술을 썼다. 천막을 쳐놓은 넓은 마당에서는 문상객들이 밤새워 술잔을 기울였고 방 안에서는 곡소리가 흘러나왔다. 병원 장례식장에서 장례를 치르는 시대가 되고 나서는 더 이상 볼 수 없게 된 풍경이다.

어린 시절 기억 때문만은 아니지만 중고등학교 때부터 유독 죽음에 대한 생각을 자주 했다. 학창 시절 기독교 재단 학교에 다니며 학교 밖에서는 성당에 다녔던 것도 영향을 끼쳤는지 모르겠다. 내 이름도 세례명에서 따온 것이다. 그러나 어느 하나의 종교만 믿었다기보다는 여러 종교에서 말하는 죽음이라는 것에 대해 고민해보고 나름의 정의를 내리기도 했다.

그때 이런 생각을 했었다. '서양에서 말하는 성인이나 성자라는 게 우리나라 신선과 비슷한 존재가 아닐까?' 그리고 '어떤 한 분야에서 평생 후회가 없을 만큼 열심히 매진해서 완벽하게 끝맺음을 한 사람은 득도해서 신선이 될 수 있지 않을까?' 하는 생각에 골몰했다. 인생의 굴레로부터 혹은 불교에서 말하는 윤회의 굴레로부터 벗어나려면 후회 없이 죽어야 할 거다, 후회 없이 죽으려면 완벽한 죽음을 맞이해야 하겠지, 완벽한 죽음을 맞이하기 위해서는 완벽에 가까울 정도로 노력하는 삶을 살면 되지 않을까, 그렇게 해서 행복하고 완벽한 죽음을 맞이한 사람은 윤회의 굴레에서 벗어나 죽고 나서도 다시 태어나지 않을 것이다…… 이런 생각들을 10대 때부터 제법 심각하게 했다.

그 뒤로 내 삶의 모토는 '어떻게 하면 잘 살 수 있을까?'가 아니라 '어떻게 하면 잘 죽을 수 있을까?'가 되었다. '삶의 마지막 순간에 어떤 모습으로 죽을 것인가?'를 고민하다 보면 인생을 어떻게 살아야 할지 자연스럽게 정리가 될 것 같았다.

～

　새로운 달이 되고 새로운 해가 되면 사람들은 "벌써 5월이야?"라든가 "벌써 2015년이야?"라는 말을 한다. 세월이 가는 게 너무 빠르게 느껴지기 때문이다. 하지만 나는 '벌써'라는 생각을 해본 적이 없다. 벌써 5월이 아니라 "5월인가 보다" "새해인가 보다"라고 할 뿐이다.

　오히려 빨리 늙고 싶다는 생각을 늘 하고 살았다. 내 나이 예순이 된 미래의 어느 날을 늘 상상했다. 자식뻘 되는 젊은 청년들을 손가락 하나만으로 쓰러뜨리는 경지에 오른 60대의 무도인처럼, 누구도 이의를 제기할 수 없는 훌륭한 요리를 선보이는 60대의 요리사처럼, 나이가 들었을 때 더 멋있는 사람이고 싶었다. 내 전성기는 30대도 40대도 아닌 60대가 될 거라고 정해놓았다.

　60세는 고등학교를 졸업하고도 40년을 기다려야 하는 나이이다. 사람들은 60세가 되기 훨씬 전에 하루라도 빨리 돈 벌고 성공하길 원한다. 하지만 젊어서 돈 많고 성공했다고 해서 60세에 꼭 존경받을 수 있는 건 아니다. '노인을 공경하라'고 하지만 그냥 나이만 들었다고 해서 다 존경받을 만하지는 않다. 존경받는 노인이란 젊은 사람들보다 더 나은 지혜와 기술을 가진 사람이고, 완벽해지기 위해 평생 노력해온 사람이며, 다음 세대를 위해 도움이 될 만한 일들을 준비하며 살아온 사람이다. 겉모습만이 아니라 내면이 멋진 사람, '저 사람은 저런 모습으로 늙기 위해 평생 노력하며 살았구나'라는 감흥을 주는 사람이다.

그러한 60세가 되기 위해서는 그 전까지의 삶에서 어떤 생각을 갖고 어떤 과정을 겪었느냐가 중요하다. 재촉한다고 해서 그 날이 당장 오진 않으므로, 미래에 후회가 없게끔 최선을 다해 지금을 살아야 할 것이다. 나에게는 돈이나 명예, 유명세 같은 것들이 그리 중요한 가치로 와 닿지 않는다. 또한 지금의 나 자신이 '성공했다'거나 '다 이뤘다'고 여겨지지도 않는다. 지금의 나는 요리든 운동이든 좀 더 잘하고 좀 더 완벽한 60세가 되어가기 위한 과정에 있을 뿐이다.

⌒

사람들은 다른 사람의 삶을 판단하고 비교하려고 '왜?'라는 질문을 던지기도 한다. 나 역시 그러한 질문 공세에서 자유롭지는 못하다. "방송에는 왜 출연해?" "왜 (다른 요리사들처럼) 방송에 더 많이 나가지 않아?" "왜 식당을 안 차려?" "프랜차이즈 사업 같은 건 왜 안 해?" 같은 질문들. 일일이 대답할 필요는 없겠지만 요리사의 모습이라는 게 한 가지만 있는 건 아니라고 이야기하고 싶다.

어떤 요리사는 방송에서 인기를 끄는 걸 즐기며 살 수도 있고, 어떤 요리사는 레스토랑 운영이 가장 중요할 수도 있고, 또 어떤 요리사는 시장을 읽는 프랜차이즈 사업에 수완이 있어서 식당 체인점을 많이 열어 큰돈을 벌 수도 있다. 그건 그 사람들 각각의 재능이자 요리에 대한 가치관이다. 그러나 인기 방송인이 되는 것도, 사업을 해서 돈을 버는 것도, 더 유명해지는 것도, 대중적인 식당 체인점을 차리는 것도 요리사로서 내가 진정 가려는 길은 아니다. 그들에게는 그들의 길이 있듯이 내게는 내 길이 있다.

가요계에서 아이돌이 대세라고 해서 모든 가수가 아이돌이 될 필요는 없다. 누군가는 재즈를 할 수도 있고, 누군가는 록을 할 수도 있다. 중요한 건 본인이 하고 싶은 음악을 하고 있느냐다. 요리사도 대중이 원하는 음식을 만들거나 대중이 요구하는 이미지를 제공하는 사람도 있겠지만, 남들의 시선보다는 자기 자신의 요리 세계를 만들어가는 게 더 중요한 사람도 있다. 나 역시 소신껏 내 요리를 완성시켜가는 요리사이고 싶다. 그 결과물이 식당이 될 수도 있지만 아닐 수도 있고, 식당이라 해도 기존의 식당과는 다른 모습이 될 수도 있다.

다만 지금은 좀 더 나은 뭔가를 내놓기 위한 준비 과정에 있기 때문에 결과물을 성급히 내보이기보다는 눌러두고 있다. 새로운 형태의 한식을 만드는 요리사로서, 좋은 식재료를 보급하는 농부로서, 내가 일군 농작물이 요리가 되기까지의 스토리를 보여줄 수 있는 사람으로서, 그 밖에 내가 할 수 있는 여러 가지 일들을 해나가는 사람으로서, 좀 더 완벽해질 때까지.

씨앗을 뿌려 농작물을 거둬들이기까지, 그리고 그 농작물을 접시 위의 요리로 담아내기까지 절대적 시간과 과정이 필요하다. 그래서 인생에서는 간합도 중요하지만 타이밍도 중요하다. 결정적인 승부를 내기 위해 적당한 거리를 유지하며 적당한 때를 기다리는 것이다.

벚꽃은 시들고 나서 떨어지지 않는다. 가장 활짝 폈을 때 떨어진다. 그래서 '완벽한 죽음'을 이야기할 때 흔히 벚꽃이 지는 모습에 비유하기도 한다. 가장 아름답게 활짝 폈을 때 떨어지는 벚꽃처럼 나 역시 생을 마감할 때 시든 모습이 아닌 활짝 핀 모습이고 싶다는 생각을 한다. 오늘 만든 요리가 어제보다 더 나았으면 좋겠고, 죽기 전에 마지막으로 만든 요리가 가장 완벽했으면 좋겠다. 요리도 무도도 어제보다 오늘, 오늘보다 내일, 그리고 인생의 마지막 순간까지 완벽의 경지를 향해 나아가는 사람이고 싶다.

오늘 만든 요리가 완벽해 보여도 내일 다시 보면 분명히 모자란 점이 나타나고 보완해야 할 점들이 보일 것이다. 그래도 괜찮다. 내일 더 완벽하게 만들면 되니까. 어차피 요리도 무도도 평생 할 것이기에 조급하게 생각하지 않는다. 어제 부족했더라도 오늘 더 좋아질 수 있기에 오늘의 삶이 더 재미있고 소중하다.

나에게 기회를 주는 삶

자기가 먹는 음식이 자기의 운명을 좌우한다.
_미즈노 남보쿠

런던에 갔던 초창기에 밥 사먹을 돈이 없어서 몇 날 며칠 콩과 토마토만 끓여 먹었던 적이 있다. 토마토와 콩을 함께 끓이고 소금, 후추만 뿌렸다. 토마토가 없으면 콩만 먹었다.

시내 지리를 잘 몰랐을 땐 레스토랑을 찾아다니다가 막막해지면 택시를 탔다. 택시요금 비싸기로 유명한 런던이라 한국에서 들고 간 돈이 줄어드는 건 시간문제였다. 목적지가 시내 반대편인 줄도 모르고 덜컥 택시를 탔다가 요금이 10만 원 넘게 나와 기겁한 적도 있다.

맨 처음에 지냈던 홈스테이보다 숙박비가 더 싼 곳을 알아보다가 외국인 아이들 여럿이 함께 사는 셰어하우스에 들어갔다. 방이 1층에 두 개, 2층에 세 개 있는 집에 나까지 아홉 명이 살았는데 그나마 나는 들어갈 방이 없어서 거실 소파에서 잤다. 그 대신 방세는 거저나 다름없었다. 같이 살았던 애들이 대부분 클럽에서 일하거나 웨이트리스로 아르바이트를 했던지라 다들 밤낮이 뒤바뀌어 있었다. 늦은 시간까지 와자지껄 떠드는 애들 옆에서 나 혼자 쪽잠을 자곤 했다.

한국처럼 온돌이 있는 것도 아니고 난방이 잘 되는 것도 아니어서 추운 날엔 집 안에서도 외투를 입었다. 이불도 변변한 게 없어서 점퍼 두 개를 위에 하나 입고 다리에도 둘둘 말고 지퍼를 올리고 애벌레처럼 웅크린 채 잠을 청했다. 먹을 것도 없고 돈도 없고 이불도 없던 시절, 고생스러웠을 것 같지만 그 당시에는 힘들다는 생각이 하나도 안 들었다. 고생은커녕 모든 게 재미있었다.

시급 3.5파운드짜리 일자리를 처음 구했을 땐 일을 할 수 있다는 것만으로도 마냥 좋았다. 아르바이트 하는 시간 말고는 새로운 일자리를 찾으러 다녔다. 이메일이 보편화된 시대도 아니어서 레스토랑마다 발로 뛰며 이력서를 내밀었다. 면접 보러 오라는 전화가 걸려왔는데 영어를 잘 알아듣지 못하는 경우도 있었다. 그럴 땐 한집에 사는 친구에게 수화기를 넘겨주면 그 친구가 내용을 듣고 나한테 차근차근 전달해줬다.

이력서를 내도 연락조차 못 받은 곳이 대부분이고 면접에서도 수없이 떨어졌지만 포기하지 않고 돌아다녔다. 그러다 보면 기회가 생겼다. 일하던 식당의 셰프가 나를 좋게 봐주어 좀 더 좋은 레스토랑을 추천해주고, 일하다가 또 추천받고, 그렇게 알음알음으로 점점 더 좋은 레스토랑으로 옮겨갈 수 있었다. 처음엔 관광비자만 있어서 취업도 여의치 않았지만 얼마 뒤에는 학생비자를 받게 되었고 나를 좋게 봐준 사람들의 도움으로 취업비자도 받을 수 있게 됐다.

런던에서 맞는 두 번째 겨울엔 비록 허름하지만 나 혼자 사는 작은 스튜디오(원룸)도 구했다. 크리스마스이브가 되면 대부분 레스토랑이 영업을 쉬는데, 이때 주방에 있던 남은 음식과 와인을 몽땅 싸가지고 집으로 왔다. 크리스마스에는 다들 가족과 함께 지내는데 홀로 있는 나를 보며 다른 요리사들이 측은한 눈빛을 보냈지만 나는 행복하기만 했다. 집도 생겼고 먹을 것도 잔뜩 있었으니까.

우리나라로 돌아와 모든 걸 원점에서 다시 시작했을 때도 그랬다. 처음엔 잘 안 풀리는 일들도 있었고 우여곡절도 많았지만 돌이켜보면 해가 갈수록 뭔가 조금씩은 나아지고 있었다. 지금도 그렇다. 딸아이가 어제보다 오늘 더 컸고 오늘보다 내일 더 예쁘게 자라는 모습을 날마다 볼 수 있으니까.

중학교 때부터 늘 나 자신에게 했던 말이 있다.

'나는 어제보다 오늘 더 잘 살았어. 그리고 오늘보다 내일 더 잘 살 거야.'

앞날에 대한 보장도 없고 모아놓은 돈도 없던 시절에 오히려 겁날 게 하나도 없었던 건, 가진 게 정말 아무것도 없어서였다. 완전히 바닥인데, 아무렴 이보다 더 없을 순 없을 테니까. 그 뒤로 지금까지 후진한 적은 한 번도 없었다고 생각한다. 당연히 힘든 일도 많고 화나는 일도 많았지만 어제보다 좋은 일이 뭐라도 있었다. 어제 내가 뭔가 부족했다면 오늘은 분명 어제보다는 발전된 내가 있다. 오늘 나쁜 일이 있었다면 내일은 오늘보단 덜 나쁠 것이다.

누군가는 이런 말을 한다. 당신은 평생 할 수 있는 일을 찾아서 좋겠다고. 하지만 나는 평생 할 일을 찾은 게 아니라, 내 일을 좋아하기 때문에 평생 할 수 있도록 노력할 뿐이다. 하다 보니 오히려 '이건 평생을 해도 모자라겠구나'라는 생각이 들었을 뿐이고.

'평생 할 수 있는' 직업군이라는 게 따로 정해져 있는 건 아니다. 요리사는 평생 할 수 있는 일이고 회사원은 평생 하지 못하는 일인가? 어떤 직업이건 본인이 정말 좋아한다면 얼마든지 평생 할 수 있다. 요리사들 중에도 자신이 정말 요리를 좋아한 게 아니었다면 중도에 그만두는 경우도 많다. 반면 회사원이라도 회사에서 했던 일을 회사를 그만두고 작은 규모로라도 얼마든지 계속할 수 있다. 자신이 그 일을 평생 할 생각이 없으니 안 할 뿐이다. 어떤 일이든 정말 그 일을 좋아하고 원한다면, 그래서 그 분야에서 도를 깨우칠 정도로 완벽해지려는 의지만 있다면, 그 일을 평생 할 수 있을 뿐만 아니라 평생 해도 모자라다는 걸 깨닫게 된다.

인터뷰를 할 때면 이런 질문을 종종 받는다. "요리사로서 앞으로의 꿈은 무엇인가요?" 그 대답은? 딱히 거창한 꿈이 있는 건 아니다. 이미 나는 평생에 걸쳐 할 일을 하고 있고 하루하루 더 잘할 수 있도록 노력하고 있기 때문이다. 나의 요리 세계를 위해, 우리나라 한식 문화의 발전을 위해, 식재료를 직접 생산하는 농사를 잘하기 위해 앞으로 할 일이 많으니 이 또한 기분 좋은 일이다. '현실이 이것밖에 안 돼서 문제야' 하고 불평할 이유도 없다. 요리사로서 힘을 보태 바꿔나갈 여지가 많기에 오히려 의욕이 솟는다. 요리사로 살면서 인생을 배워왔듯 앞으로도 요리사로 살면서 인생을 더 넓게 깨우쳐갈 수 있으리라 믿는다. 도를 닦는 도인처럼, 검술을 연마하는 무사처럼, 내 요리에 나의 철학을 담을 수 있도록 꾸준히 나아갈 것이다.

누구나 자신의 앞날에 대해 고민한다. 확실하게 보장된 미래를 갖고 있는 사람은 아무도 없다. 심지어 도둑놈이나 사기꾼도 자기 앞날에 대한 고민은 한다. 계획을 세워야 도둑질도 할 수 있고 사기도 칠 수 있을 테니.

그러나 미래가 불안하다고 해서 아무것도 하지 않고 손 놓고 있으면 결국 아무것도 바뀌지 않으리라는 것만은 분명하다. 그래서 되든 안 되든 뭔가를 시도해보고 스스로를 던져봐야 한다. 무엇을 시도해볼지에 대한 기준은 사람마다 다르겠지만, 내 경우엔 나 자신에게 기대를 걸 수 있는 게 무엇인지를 늘 염두에 뒀다. 부모님이나 남들이 나에게 거는 기대가 아니라 내가 나에게 거는 기대에 대해.

학창 시절에 나는 학교 공부 열심히 하고 대학 가고 취직하는, 소위 안정적이라고 일컬어지는 길이 가장 불확실하고 불안정해 보였다. 공부만큼은 내가 나한테 기대를 걸 수가 없었다. 아무리 남들이 기대를 건다 해도 정작 내가 나한테 거는 기대가 없다면 끝까지 잘할 수는 없을 것이다. 요리는 내가 나를 믿고 갈 수 있는 유일한 길이었다.

그러니 누구나 스스로에게 질문을 던져볼 필요가 있다. 지금 자신이 하는 일을 왜 하고 있는지를. 과연 공부는 왜 하고 있으며, 돈은 왜 벌려고 하며, 성공은 왜 하려 하는지, 그것이 남을 위한 일인지 자기 자신을 위한 일인지를.

이유를 알아야 해답도 찾을 수 있다. 만약 자신의 삶이 뭔가 불만족스럽다면 내가 아닌 남을 기준으로 삼았기 때문일 수 있다. 그러면 남의 떡이 더 커 보이고, 남보다 부유하지 못해 불행하고, 남에게 인정받지 못해 불안하게 마련이다. 반면 나를 기준으로 두고 스스로에게 인정받는 길을 택하면 삶의 기준도 달라진다. 스스로를 인정하고, 끊임없이 노력할 수 있게끔 스스로를 이끌어주고, 더 발전할 수 있는 환경을 스스로에게 만들어줘야 한다. 다른 누구도 아닌 나 자신이, 나 자신에게.

앞날이 불안하고 막막할수록 스스로에게 기대를 하고 스스로에게 기회를 충분히 줘야 한다. 그리고 스스로를 믿어줘야 한다. 나에 대한 믿음이 나를 받쳐주고 있다면 오늘 좌절하더라도 내일은 더 나아지리라고 확신할 수 있다.

Part 03

His signature

His signature

잘 배워야 잘 먹을 수 있다

인간이란 그가 먹는 것 자체이다.
_괴테

커다란 통에 육수가 가득 담겨 있다. 고온의 오븐에서 로스팅해 황갈색이 된 송아지 사골을 토마토, 파, 양파, 셀러리, 당근, 부케가르니(Bouquet Garni : 향신채 다발), 통후추, 마늘, 갖가지 허브 줄기와 함께 물에 넣고 24시간 동안 고아낸 것이다. 이 육수를 체에 거른 다음 다시 팬에다 부어 처음 분량의 3분의 1이 될 때까지 졸인다. 진하게 졸인 육수는 각종 요리의 베이스 소스가 된다. 서양 요리의 스톡stock을 만드는 기본적인 방법이다.

한국 음식의 경우 핏물을 뺀 사골을 그대로 물에 넣고 뽀얗게 될 때까지 우려낸다. 뼈를 우려낸 국물 자체만으로는 맛이 안 나지만 여기에 소금도 넣고 밥을 말아 김치와 함께 먹는다. 사골국물뿐만 아니라 우리나라 음식은 김치를 비롯해 된장, 고추장 같은 각종 장맛이 음식의 감칠맛을 다양하게 해결해준다. 그래서 흔히 우리가 '깊은 맛'이라고 느끼는 우리 음식의 맛은 '장맛'을 의미하는 경우가 많다.

이와 달리 서양 요리는 육수 자체에 대한 의존도가 높은 음식이다. 감칠맛을 내줄 '장'이 없는 대신 뼈에서 깊은 맛을 우려낸 소스로 맛을 낸다. 사골 우릴 때와 달리 소뼈나 닭뼈를 그냥 물에 넣고 끓이는 것이 아니라 오븐에 로스팅한 다음 고아낸다. 고온에 구워낸 뼈는 이미 조직이 분해되어 캐러멜화된 상태이기 때문에 물에 장시간 끓이면 뼈 자체의 고소한 맛과 향이 더 진하게 우러나와 감칠맛이 생긴다. 그리고 그 육수를 바로 먹는 것이 아니라 다시 졸여 농축시킨다. 여기에다 맛과 향을 더하기 위해 향신료나 허브를 넣는다.

이처럼 뼈에서 육수를 내는 방법도 우리나라와 서양은 다르다. 어느 음식이 더 맛있고 덜 맛있고가 아니라, 요리의 감칠맛을 얻는 근본적인 방법 자체가 다르기 때문에 맛의 차이를 어떻게 이해해야 하는지도 달라질 수밖에 없다.

'맛있다'라고 느끼는 것, 나아가 '미식'을 이야기한다는 것은 단순히 혀에서 즉각적으로 느껴지는 '맛이 있다, 없다' 또는 '짜다, 달다, 맵다' 같은 걸 의미하지는 않는다. 소위 '맛집 프로그램'에서 카메라로 음식을 클로즈업하고 사람들이 "맛있어요!"라며 엄지손가락을 치켜드는 모습을 비추는 것만으로 맛을 이야기하던 시대는 지났다. 이제는 '맛있다'는 기준이 무엇인지 제대로 알고 맛을 분석해볼 줄도 알자는 얘기다.

영화를 한 편 볼 때도 그냥 아무 생각 없이 보고 끝내는 것과 감독이 어떤 의도를 가지고 만들었으며 전체 스토리가 어떤 맥락인지를 이해한 다음에 평가를 하는 것은 다르다. 노래를 들을 때도 가수가 노래를 '잘한다, 못한다'가 전부가 아니라 어떤 감성으로 노래를 했는지, 그루브와 고음 처리는 어떤지, 연기력과 호소력은 어떤지를 골고루 판단할 수 있어야 비로소 그 노래에 대해 평가라는 걸 할 수 있을 것이다. 클래식 음악이라면 음악의 역사와 배경과 악기 지식까지 알고 들을 때 그 곡에 대한 이해의 폭이 넓어질 것이며 최소한 이런 기준들을 이해해야 평가도 할 수 있을 것이다.

음식도 마찬가지다. 맛의 기준과 맛의 차이가 나는 원인과 음식의 역사를 두루 알고 나면 맛을 이해하는 깊이가 달라진다. 클래식 음악이 수백 년의 역사를 가진 것처럼 음식도 그 자체로 역사다. 그 누구도 음악을, 그림을, 예술을 아무 기준과 지식 없이 함부로 평가하지 않는 것처럼, 수천 년의 역사를 가진 클래식과도 같은 음식의 맛을 거론하려면 맛의 메커니즘을 먼저 알아야 한다. 개나 소나 음식을 감히 평가하고 심지어 평론을 할 수 있다고 생각해선 곤

란하다는 얘기다.

적어도 평론이라는 걸 하려면 그 음식이 어떤 재료로 만들어졌고 어떤 풍미를 가졌는지 이야기하는 수준을 넘어 그 맛이 어디서 나온 것인지를 철저하게 분석할 줄도 알아야 한다. 음식의 장점뿐만 아니라 단점도 정확한 근거를 들어 제시할 수 있어야 한다. 예를 들면 마카롱이 얼마나 맛있는지 감탄만 할 게 아니라 마카롱 한 개에는 설탕이 몇 그램 들어가며 그만큼의 설탕을 먹으면 몸에서 칼슘이 얼마만큼 빠져나가기 때문에 건강에 좋지 않다는 것까지도 이야기해주는 것이 맞다. 김치가 맛있다는 이야기도 좋지만 김치 한 포기에는 소금이 얼마만큼 들어가고 묵은지 한 포기에는 미생물이 얼마나 들어 있기 때문에 건강을 위해서는 어떤 점을 조심해야 한다는 이야기까지도 해줄 수 있어야 한다. 요리사건, 음식평론가이건, 자칭 미식가라고 하는 사람들이건, 적어도 맛을 평가하고 사람들에게 설명해줄 거라면 말이다.

때문에 오랜 역사를 가진 한 나라의 고유한 음식 문화와 맛에 대해 알려는 노력조차 없이 감히 맛을 왈가왈부하는 건 경솔한 일이다. 맛집은 왜 맛집인지, 손님이 들끓으면 무조건 맛집인지, 그 맛을 누가 인증했는지, 단지 익숙하고 친근한 맛의 음식을 판다는 이유로 맛집이 된 건 아닌지 생각해보자는 얘기다. 아무런 기준도 분석도 없이 맛집을 찾아다니며 카메라를 들이대고 맛을 평가하려 든다면 그건 카메라 들고 삽질하는 행위 이상도 이하도 아니다. 맛이란 아는 만큼 달라지는 것이니까.

🍳

그렇다면 우리가 '맛있다'고 느끼는 것의 정체는 무엇일까? 왜 어떤 음식은 맛이 있다고 느껴지고 어떤 음식은 맛이 없다고 느껴질까?

어떤 음식을 맛있다고 느끼는 건 절대적인 기준이라기보다는 그 맛이 익숙해서일 수도 있다. 예를 들어 우리나라 사람들이 일본 음식을 처음 맛봤을 때 한국 음식과는 뭔가 다른 생소한 느낌을 받거나, 유럽 사람들이 한국 음식을 처음 맛봤을 때 자극적이라고 느끼는 것은 다른 문화권의 맛이 낯설어서다. 교류가 없었던 타 문화권의 음식을 접했을 때 그 음식의 맛, 좀 더 정확히 말하면 그 음식의 감칠맛에 대한 반감이 있을 수 있다.

우리가 혀로 느끼는 맛이라는 것은 신맛, 짠맛, 단맛, 쓴맛, 그리고 미각이 아닌 통각을 의미하는 매운맛이다. 그러나 감칠맛이란 혀로 느끼는 맛뿐만 아니라 코로 느끼는 향을 포함한다. 혀에서 느끼는 맛이 25~30퍼센트라면 코에서 잡는 맛이 70~75퍼센트를 차지할 만큼 중요하다.

따라서 간혹 후각에 선천적인 문제가 있는 사람은 요리를 잘하기가 어렵다. 킁킁 들이마시는 냄새만이 아니라 음식을 씹어 넘길

189

때 거꾸로 나오는 냄새까지 민감하게 맡을 수 있어야 하기 때문이다. 이는 씹은 음식이 목구멍을 통해 내려가면서 마지막까지 계속해서 안에서 밖으로 뿜어내는 향, 삼킨 다음에도 밖으로 나와 입안에 고이는 냄새와 끝맛을 의미한다. 그래서 흔히 맛을 이야기할 때 '플레이버(flavour: 풍미)가 좋다, 나쁘다'라는 표현을 쓴다. 음식으로 잘 와닿지 않는다면 술의 향을 떠올려보면 된다. 어떤 술을 마셨을 때 여운이 길게 느껴진다면 그건 그 술을 목으로 넘긴 뒤에도 계속해서 코 밖으로 뿜어져 나오는 향 때문이다.

육수 내는 방법과 그 맛을 느끼는 기준과 조리법이 다른 것처럼, 감칠맛을 내는 방법과 기준 또한 동서양이 서로 다르다. 맛에 대한 이해는 이 차이점을 아는 데에서 출발한다.

우리나라 음식의 감칠맛이 시간에 더 의존한다면, 유럽 음식의 감칠맛은 온도에 더 의존한다. 한국 음식은 주로 장맛, 즉 된장, 고추장, 간장, 젓갈, 김치처럼 몇 달에서 몇 년까지 시간을 오래 들여 만든 장으로 맛을 낸다. 반면 서양 음식은 시간으로 만들어내는 맛이 거의 없다. 그 대신 온도로 맛을 낸다. 채소를 볶을 때 노릇하게 변하는 캐러멜화 반응, 고기를 구울 때 수분이 날아가고 표면에 크러스트가 생기는 메일라드Maillard 반응 등이 온도를 통해 감칠맛을 내는 사례다. 고기 요리도 우리나라는 고기 자체에 양념을 해서 먹는 경우가 많지만, 서양은 소금, 후추로만 간을 하되 그 고기의 감칠맛을 가장 잘 끌어낼 온도를 찾아 조리한다. 그래서 오븐이나 직화, 프라이팬 등 조리도구도 더 다양하다.

이처럼 우리나라 음식은 재료 하나하나의 맛보다는 궁극의 장맛으로 인해 전체적으로 입안에서 느껴지는 감칠맛이 뛰어나고, 서양 음식은 시간에 의한 장맛은 존재하지 않지만 재료에서 극대치로 끌어올리는 감칠맛이 뛰어나다. 이것을 그래프로 표현하면, 가로축을 '시간'이라 하고 세로축을 '온도'라고 할 때 한식은 가로축이 길고 서양 음식은 세로축이 길다고 할 수 있다. 이 중간, 그러니까 시간과 온도를 모두 사용해서 요리하는 음식이 바로 중국 음식이다. 중국 음식은 장의 종류나 삭힌 음식이 다양해 시간에도 많이 의존하지만, 센 불을 활용하는 등 온도에도 많이 의존하기 때문이다.

중국 음식을 동서양 막론하고 전 세계인이 큰 거부감 없이 받아들이게 된 데에는 땅이 넓고 지리적으로 동양과 서양을 잇는 위치에 있으며 인구가 워낙 많아서이기도 하겠지만, 조리법에 있어서도 시간과 온도를 모두 다스리는 음식을 만들었기 때문이 아닐까 싶다. 그래서 한식을 응용할 때에도 서양 음식처럼 온도로 끌어낼 수 있는 감칠맛을 재료마다 찾아본다면, 보다 새로운 조리법과 전 세계인이 좀 더 친근하게 받아들일 수 있는 맛을 끌어낼 수 있을 것이다.

고기 맛 또한 알고 먹으면 달라진다. 우리나라 사람들은 대개 마블링이 많은 고기를 선호하는데, 고기를 얇게 썰어 불판이나 석쇠에 구워 먹는 방식을 좋아하기 때문이다. 한우의 경우 섬유 조직이 다른 고기에 비해 단단한 편이라 얇게 썰어 구우면 식감도 좋고 고기 본연의 고소한 맛을 느낄 수 있다. 하지만 스테이크처럼 두껍게 썰어 구우면 다른 고기에 비해, 특히 마블링 없는 한우일 경우에는 육질이 단단해지거나 겉면이 빠르게 건조되어 스테이크용으로는 적합하지 않다. 반면 호주산이나 미국산 쇠고기는 육질 자체가 부드러운 편이라 마블링이 적어도 질기지 않은 편이다.

고기는 숙성 과정을 거치면서 자체의 감칠맛이 생긴다. 그래서 숙성이 잘된 쇠고기 스테이크를 '풍미가 좋다'고 말하는 것이다. 숙성은 쉽게 이야기하면 미생물에 의해 부패해가는 과정이라고 할 수 있다. 부패하지 않을 정도의 적당한 온도와 습도와 시간을 이용해 조직을 분해시키는 것이다. 고기를 숙성시키면 그 고기가 갖고 있는 맛과 향이 최대한 응축되기 때문에 구울 때 좋은 풍미가 우러나온다. 맛있는 스테이크는 잘 숙성된 고기를 잘 구울 때 만들어진다.

소의 마블링은 미국에서 옥수수를 주로 한 곡물 사료를 먹이기 시작하면서 만들어졌다. 곡물 사료를 먹인 소는 지방이 많이 생기는데, 일본에서 이에 대해 연구해 고베 소나 와규처럼 마블링을 극대화시킨 고기를 만들었고 이를 우리나라에서 그대로 받아들이면서 마블링이 많은 고기가 고급육인 것처럼 인식되었다. 하지만 마블링이 많은 고기만을 무조건 선호한다는 건 고기 맛을 잘 모른다는 뜻이기도 하다. 더구나 마블링은 지방이라서 마블링이 많은 고기를 지나치게 자주 섭취하면 건강에 좋지 않을 수 있다.

이처럼 맛을 구성하는 요소와 원리를 알면 음식 맛을 더 풍부하게 이해할 수 있다. 내 경우에는 재료의 맛을 이해하는 서양 음식을 배웠던 것이 한식의 맛 밸런스를 이해하는 데에도 큰 도움을 줬다. 그렇기 때문에 동양이나 서양 어느 한쪽의 맛만 아는 것보다는 양쪽 음식을 두루 적절하게 공부한다면 요리를 하고 맛을 이해하는 데 더욱 도움이 될 것이다.

그래서 맛은 본능이 아니라 교육이고, 저절로 아는 것이 아니라 배우는 것이다. 잘 배워야 잘 먹을 수 있다는 뜻이다. 어릴 때부터 음식 교육을 잘 받고 자란 사람은 커서도 음식에 대한 이해가 깊은 편이다. 반면 어렸을 때 잘못된 맛 교육을 받고 자란 사람은 성인이 된 후에도 그릇된 맛 기준을 가지고 있을 확률이 크다. 가공된 맛이 아니라 자연에 가까운 맛, 재료가 본래 가지고 있는 건강한 맛의 기준이 뭔지를 일찍부터 부모가 아이에게 가르쳐주는 게 그래서 중요하다.

자신이 먹는 음식을 소중하게 생각하고 좀 더 잘 먹는 방법을 알 수 있도록 교육받은 아이는 음식뿐 아니라 모든 면에서 훨씬 풍요로운 사고를 지닌 사람으로 성장한다. 그건 아이를 요리사로 키우기 위해서가 아니라 좋은 음식을 잘 먹고 살아가는 사람으로 키우기 위한 아주 기본적인 교육이다.

할머니의 아궁이

우리가 먹는 것이 곧 우리 자신이 된다.
음식이란 약이 되기도 하고 독이 되기도 한다.
_히포크라테스

커다란 기와집에 딸린 재래식 주방의 아궁이 앞. 장작불이
활활 타고 큰 솥에선 뭔가가 끓고 있고 늘 맛있는 냄새가 나는 곳.
할머니의 진두지휘 아래 어머니, 큰어머니, 작은어머니, 사촌누나
들, 일하는 아주머니들이 북적이던 부엌은 어린 시절의 내겐 가장
신나는 놀이터였다.

옆에서 쪼그리고 앉아 구경하고 있으면 할머니는 내 입에 뭔가
를 넣어주셨다. 내가 "할머니, 짜요" 또는 "싱거워요"라고 하면 "얘
가 짜단다" "싱겁단다" 하시며 내 의견에 따라 간을 다시 맞추셨다.
그러다가 할머니가 "여기 고춧가루 좀 부어봐" 하면 고춧가루도 부

어드리고, "이것 좀 뒤집어봐" 하면 고사리손으로 전도 뒤집었다. 그럴 때면 할머니는 꼭 "옳지, 잘한다!" 하면서 칭찬을 해주셨다.

송편 찔 때 넣을 솔잎 따오는 일도 내 몫이었다. 솔방울이 적은 소나무가 좋다는 걸 터득한 후부터는 솔방울 없는 소나무만 골라 아주 높은 곳까지 기어올라 깨끗하고 이쁜 솔잎을 따왔다. 그러면 할머니는 좋은 놈으로만 따왔다며 더더욱 기특해하셨다.

할머니는 많은 손주들 중에서도 나를 특히 예뻐하셨다. 칭찬으로도 모자라 500원짜리 지폐를 주시기도 하고, 장난감을 사주시기도 했다. 동네 문방구에 가서 갖고 싶은 장난감들을 맘껏 들고 나오면, 나중에 할머니가 장난감 값을 치르고 오시곤 했다.

나는 4.3킬로그램의 우량아로 태어난 데다가 부엌 들락거리며 음식 얻어먹는 걸 좋아해서 초등학교 들어가기 전까지는 좀 뚱뚱한 아이였다. 먹는 것만큼 재미있었던 게 만드는 일이었다. 내가 좋아하는 음식을 내 손으로 만들어낼 수 있다는 게 참 신기했다. 고춧가루 부어드리는 일에서 금세 '직급'이 올라가 어느덧 나물 볶고 전 부치는 정도는 할 줄 알게 됐다. 특히 송편이나 만두처럼 손으로 빚는 걸 좋아했다. 아주 어릴 땐 소꿉장난 하듯이 반죽에 흙 넣고 만두 모양을 만들며 놀았다. 그걸 본 힐머니는 언제부디인가 흙이 아닌 진짜 만두소로 만두를 빚게 해주셨다.

어느 날은 만두소 만드는 걸 어머니가 옆에서 직접 가르쳐주셨다. 나는 두부 으깨라는 대로 으깨고, 고기 다지라는 대로 다지고, 당면도 일러주는 대로 썰고, 재료들을 섞어 반죽도 했다. 소 준비에서 빚는 것까지 내 손으로 처음 만두를 만든 그날 얼마나 뿌듯했는지 모른다. 그때가 초등학교 1학년 즈음이다.

우리 집 부엌이 언제나 북적거렸던 건 3대가 모여 살아 식구도 많을뿐더러 할아버지가 장손이라 3대 위 고조부 제사까지 다 지냈기 때문이다. 거의 1년 내내 제사 음식을 만들었다는 뜻이다. 아버지까지 6대에 걸쳐 대대로 남양주에서 농사를 지으며 살아온 집안이었다. 강씨 집성촌이라 할 수 있을 만큼 친척들도 다 가까이 살았고, 우리 식구 말고도 일 거드는 사람들까지 총 28가구가 그 큰 기와집에 다 같이 살았다. 농사도 짓고 가축도 키우고 쌀가게, 연탄가게, 석유가게, 식료품가게까지 했기에 동네 사람들에게 우리 집은 큰 마트나 다름없었다.

늘 일이 많고 일손이 필요하다 보니 내가 부엌에서 얼쩡거려도 아무도 뭐라 꾸짖지 않았다. 오히려 나도 어느 순간부터는 어른 몫의 일을 했다. 누가 시켜서가 아니라 음식 만드는 걸 구경하고 직접 해보는 일들이 진짜로 재미가 있었다. 뭘 시키든 곧잘 익혔고, 할머니가 칭찬하실 때마다 우쭐해져서 '더 잘해야지' 마음먹었다. 할머니가 나를 예뻐하시는 데는 다 이유가 있다는 걸 증명해 보이려고 더더욱 노력했던 것 같다. 그래서 이미 초등학생 때 웬만한 한식들은 제법 따라할 수 있을 정도가 됐다.

　이상하게도 어렸을 때부터 뜨거운 불이나 끓는 기름 따위가 하나도 무섭지 않았다. 그때부터 이 세상에서 가장 쉽고 재미있는 일은 다름 아닌 요리였다. 지금도 "언제부터 요리사가 되고 싶었어요?" 같은 질문을 받으면 잠시 멈칫한다. 기억이 나지 않을 정도로 어렸을 때부터 너무나도 자연스럽게 익혔던 일상이 요리였기 때문이다.

　우리 집은 장맛이 좋기로 소문이 자자했다. 장 담그는 게 일상이었고 안마당과 바깥마당에는 수십 개의 장독이 있었다. 그중에는 오래 묵은 된장이나 고추장, 간장이 늘 있게 마련이었다. 장 담그는 일도, 장독대 관리하는 일도 할머니가 다 하셨는데 집에 친척이나 손님이 오면 할머니는 꼭 고추장찌개를 끓여서 냈다. 파와 양파, 두부, 돼지고기 등을 넣은 소박한 찌개였지만 고추장 자체가 맛있으니 어른들 술안주로도 그만이었다.

　그런데 그때는 그 장 냄새가 그렇게도 싫었다. 묵은 장 위에 곰팡이가 허옇게 끼어 있는 모습도 싫고, 꼬리꼬리한 냄새도 진저리가 났다. 밥상에 된장찌개가 올라온 날엔 딱 한 숟갈만 입에 대봐도 그게 묵은 된장으로 끓인 건지 새 된장으로 끓인 건지 단번에 알았다. 묵은 된장이면 저절로 얼굴이 찌푸려졌다. 그게 얼마나 맛있는 장이었는지는 어른이 되어서야 알았다. 대개 어린아이들은 재료 본연의 맛을 좋아하지 장맛 같은 감칠맛에 대한 반응은 약하기 때문이었을 것이다.

묵은 장맛을 꺼렸던 것 말고는, 워낙 먹는 걸 좋아해서인지 아니면 좋은 음식들이 많아서였는지는 몰라도 어렸을 때부터 반찬투정은 거의 하지 않고 컸다. 특히 오이지, 동치미, 백김치 같은 양념이 많지 않은 음식을 좋아했다. 지금도 오이지를 가장 좋아해서 양념에 무쳐 먹거나 썰어서 물에 담가 얼음 띄워 먹곤 한다. 닭발 튀김도 잊지 못할 음식이다. 동네 통닭집에서 몸통 말고도 닭발만 모아서 튀겨줬는데 나는 닭다리나 살코기보다 닭발이 더 맛있었다. 그래서 어머니는 종종 통닭집에 가서 닭발을 넉넉하게 튀겨다 주시곤 했다.

어렸을 때는 몰랐지만 그러고 보니 나는 한식에 대한 거의 모든 것을 접하며 자랐다. 절구에 떡 치는 모습, 다식 틀로 다식 찍어내는 모습, 집에서 고아 굳힌 가락엿에 노란 콩고물 묻히는 모습, 술 담그고 장 담그는 모습들을 옆에서 구경하고 거드는 게 놀이이자 생활이었다. 빛바랜 옛 사진으로도 남아 있는 할아버지 환갑날에는 앞마당에 흰 천막 치고 동네 사람 모두 불러 모아 잔치를 했다. 누군가가 시집을 가면 어느 날 "함 사세요!" 하는 외침과 함께 얼굴에 마른 오징어를 뒤집어쓴 함진아비가 들어오며 동네가 온통 떠들썩했다. 큰 잔치가 있는 날엔 어김없이 돼지나 소를 잡았다.

불기운과 음식 냄새가 끊이지 않던 옛 부엌도, 기와집도, 작은 할아버지 댁 배나무 과수원도, 이제는 온데간데없다. 개발과 함께 그 자리에는 도로가 뚫리고 아파트 단지가 크게 세워졌다.

돌이켜보면 1년 내내 그 많은 식구들 삼시 세끼 차리랴, 제사 음식 만들랴, 우리 할머니와 어머니, 큰어머니를 비롯한 집안 여자들은 매우 힘들었을 것이다. 그리고 그 큰 논밭과 과수원과 장독대와 부엌살림까지 통솔하며 관리하던 할머니야말로 이 세상의 그 어떤 훌륭한 셰프 못지않게 존경스러운 분이셨다. 그런 할머니가 입버릇처럼 하시던 말씀이 있다.

"이 음식들은 조상님께 올리는 거지만 결국 사람이 먹는 거야. 그렇기 때문에 제사 음식은 정성스럽게 만들어야 한다."

그러고 보면 내 요리 인생 최초의 스승은 할머니였다. 어릴 적 추억이 서린 옛 집은 사라졌지만, 할머니가 말씀하신 '사람'과 '정성'에 대한 가르침은 요리사로서 궁극적으로 내가 가야 할 길과 맞닿아 있다.

여수 밤바다와 포장마차

식탁은 절대로 싫증나는 일이 없는 유일한 장소이다.
_브리야사바랭

"이모님, 저 왔어요."

"응, 왔어!"

이모님이 건네는 인사는 언제나 변함이 없다. 마치 엊그제 왔다
간 옆집 아들내미 대하는 것 같다. 무심한 듯 아무렇지 않게 반겨
주는 그 목소리를 들으면 마음이 편안해진다.

여수 밤바다에 어둠이 내리면 이 지역 명물인 연등천 포장마차
거리 여기저기에 불이 환하게 밝혀진다. 그리고 내 발걸음은 오래
전부터 단골인 한 포장마차로 향한다. 그 자리에서 33년째 포장마
차를 하고 계신 주인아주머니가 오늘은 어떤 기가 막힌 요리를 해

주실지 기대하면서.

단골이 되고부터 몇 년 동안은 대개 나 혼자 갔더랬다. 스케줄에 조금 여유가 생기면 홀로 훌쩍 찾아가곤 했고, 한동안 발걸음이 뜸했다 싶으면 가장 먼저 생각나는 곳이었다. 그런데 이번에는 조금 달라진 게 있었다. 혼자가 아닌 아내와 함께였다. 색시를 처음 데리고 왔다며 이모님은 평소보다 훨씬 더 반가워하시면서 솜씨를 발휘하기 시작했다.

이모님의 메뉴는 갈 때마다 달라진다. 그 시기에 가장 맛있는 제철 해산물을 재료로 쓰기 때문이다. 마음 같아선 이모님 밑에 들어가서 배우고 싶을 정도로 기가 막힌 요리의 향연이 펼쳐진다. 삼치건, 방어건, 병어건, 그 계절에 나는 생선을 회, 구이, 조림 이렇게 세 가지로 요리해 내놓는데 재료의 신선함과 이모님의 내공이 만나 다른 데서는 접할 수 없는 맛이 나온다. 여수에서 '깔따구'라고 부르는 굴비보다 작은 농어 새끼를 뼈째 썰어 내기도 하고, 갯벌에 사는 물고기인 짱뚱어를 회와 조림과 탕으로 내는 요리도 이곳의 수많은 별미 가운데 하나다.

여수는 해산물 식재료가 놀랄 만큼 다양한 곳이다. 이곳 포장마차에서 처음 먹어본 말린 새조개 살을 비롯해, 해풍에 건조시킨 서대, 박대, 가오리 같은 생선은 물에 살짝 불려 찜통에 쪄 먹으면 다른 술안주가 필요 없을 정도다.

이번에 이모님이 해주신 음식은 겨울이 제철인 삼치와 병어였다. 살이 오른 삼치를 일단 싱싱한 회로 떠주는데, 입에서 살살 녹는 듯한 삼치회를 먹고 있노라면 구이와 조림이 연달아 나온다. 여수 하면 장어를 또 빼놓을 수 없는데 갯장어로 만드는 갖가지 요리도 일품이다. 장어 내장탕도 별미였지만 더욱 놀라웠던 건 쥐포구이. 살이 통통하게 오른 자연산 쥐치를 통째로 널어 말린 다음 아무 양념도 가공도 없이 그대로 숯불에 구워낸 것이다. 아내와 둘이만 먹기가 너무 미안해서 싸가지고 서울 올라와 네 살배기 딸아이에게 작게 찢어줬더니, 아니나 다를까 오물거리며 무척 맛있게 받아먹었다.

이곳을 안 지도 벌써 8년이나 됐다. 2007~2008년 지방에 촬영을 다니면서 각 지역의 요리 고수들도 만나고 단골집도 여기저기 생겼다. 통영이나 부산을 비롯해 울산의 고래고기나 죽도시장의 문어, 포항의 개복치 등 흔치 않은 식재료가 나는 지역들을 주로 찾아다녔는데 그중 가장 좋아하는 지역이 여수다. 한 번 가면 일주일이 모자랄 정도로 볼 것도 먹을 것도 많은 데다 풍부한 식재료와 요리들이 영감을 자극한다.

꽃다운 스물네 살부터 지금의 포장마차 일을 했다는 이모님을 처음 뵈었을 땐 마치 드라마 〈심야식당〉의 마스터 같은 범접할 수 없는 분위기가 느껴졌다. 아무 때고 불쑥 내려가 인사를 드리고 앉아 있으면 뭘 달라고 주문하기도 전에 알아서 이것저것 썰어서 내주셨다. 다른 손님이 많아 분주할 때도 "이것 좀 먼저 먹고 있어" 하면서 뭔가를 계속 챙겨주다 보니 내 앞에만 잔칫상처럼 그릇이 빈틈없이 들어차기 일쑤였다.

손님이 적을 때 혼자 한잔하며 음식을 먹고 있노라면, 이모님은 30년 전에 이곳 연등천 풍경은 어땠다는 얘기며, 여수는 막걸리 식초가 유명해서 무침 요리에는 꼭 막걸리 식초를 쓴다는 얘기며, 이런저런 얘기를 두런두런 들려주셨다. 내게는 그런 이야기 하나하나가 다 그 지역의 역사이자 음식의 역사였다. 내가 방송으로 제법 얼굴이 알려지고 난 뒤에도 늘 변함없는 목소리로 "왔어!" 하며 맞아주시는 것도 고맙고, 그 오랜 세월 동안 한자리에서 한 모습으로 자신의 요리 인생을 이어가는 모습이 더없이 멋지고 존경스럽다.

아내는 예전에 국내여행은 잘 다니지 못했다고 했다. 여자 혼자 몇 시간씩 운전해서 다니는 게 편하지 않았다고. 그런데 아이 낳고 나서 처음 나랑 같이 간 이번 여수 여행에서는, 데리고 간 단골집마다 "이런 맛은 처음이야!" 하면서 나보다 더 신나했다.

여수 가기 직전에는 서울 광화문을 기준으로 정남쪽에 있는 전라남도 남포마을에 들렀다. 이곳에는 장작불에 굴을 구워주는 집이 있다. 일반적인 양식 굴과는 씨알이 다른 주먹만 한 자연산 굴을 석쇠에 올려놓고, 껍질이 닥닥 열리자마자 탱글탱글한 우윳빛 알맹이를 까서 후후 불어가며 먹는다. 벌교에서 50년 넘게 꼬막 정식을 팔고 있는 어느 식당도 단골집이다. 참꼬막찜이며 무침, 꼬막

전, 찌개 등이 푸짐하게 차려진 밥상 앞에서 아내는 눈이 휘둥그레졌다. "아, 이래서 당신이 서울에선 굴이랑 꼬막을 안 먹는구나. 이제야 이유를 알겠네." 그러고는 밥 한 그릇을 싹싹 다 비웠다.

이런 단골집들을 다닐 때마다, 각 지역의 다양한 식재료를 접할 때마다, 그리고 내공이 깃든 다채로운 요리들을 접할 때마다, 내 요리의 새로운 레시피에 대한 자극을 많이 받았다. 그리고 그곳들은 어느덧 나만의 힐링 여행지가 되었다. 그 지역에서 나는 자연 그대로의 식재료를 가지고 수십 년째 맛의 역사를 이어온 분들이기에, 그런 분들이 직접 만든 요리를 먹고 그분들이 하는 이야기에 귀를 기울이는 것만으로도 기분이 좋아진다. 마음 내킬 때마다 서울을 훌쩍 떠나 밥 먹고 술도 한잔하러 가면, 주인아주머니나 아저씨들은 늘 그 자리에서 변함없는 모습으로 변함없는 요리를 차려주며 반가워해주셨다. 내가 좀 유명해지자 더더욱 좋아들 해주셨는데, 정작 나는 사람 많은 데 가는 걸 좋아하지도 않고 어쩌다 사람들이 내 얼굴을 알아보기라도 하면 매우 난감하고 쑥스러웠다. 그래서 식당에 갈 때면 아예 맨 구석자리로 쑥 들어가서 등을 보이고 앉아 음식을 먹는다.

다만 너무나 아쉬운 점이 있다. 예전엔 아름답던 동네가 관광객이 몰리며 오염되는 경우다. 2007년 당시만 해도 깨끗한 바닷가 마을이었던 남포마을은 얼마 전 도로가 만들어지면서 옛 정취를 잃어버렸다. 온통 굴 껍데기로 뒤덮여 있던 낭만적인 바닷가에 콘크리트가 덮이고 폭 7미터의 도로가 뚫리면서 음식물쓰레기며 술병들이 나뒹구는 모습을 보니 절망감마저 느껴졌다.

관광객이 많아지는 것 자체는 지역 주민들에게 도움이 되는 일일지도 모른다. 그러나 오로지 경제적 이익만 얻을 수 있다면 환경은 망가뜨려도 상관없다는 식의 정책과 사고방식에는 늘 화가 난다. 요리하는 사람이 뭘 그런 것까지 걱정하느냐고 할는지 모르겠지만, 음식과 환경이 어떻게 상관없는 일인가? 환경이 망가지면 식재료도 오염되고 식재료가 망가지면 좋은 요리도 불가능하다. 후손들에게 아무 미안한 마음 없이 환경을 망가뜨려놓고는 돈만 되면 다 된다는 생각들을 접할 때마다 마음이 답답해진다.

⌒

지방의 특색 있는 식재료와 요리만큼이나 내게 영감을 준 것은 다름 아닌 전통주다. 세계화한다면 음식보다도 오히려 더 강한 한국적 정체성을 드러내며 경쟁력을 가질 수 있는 게 바로 우리나라 술이라고 생각한다.

우리나라 전통주는 주로 각 지방 명인들이 수백 년 전부터 전해 내려온 옛 방식대로 술을 내리는 경우가 많다. 개인적으로 가장 좋아하는 술은 경남 함양에 있는 일두 정여창 고택의 가양주인 '솔송주'와 '담솔'이다. 15세기 조선 시대 성리학의 대가 정여창 선생의 생가인 이곳은 유서 깊은 한옥의 기품과 종가 음식으로도 유명하다. 근처에 있는 남계서원은 일두 선생을 기리고자 지은 서원으로 소수서원 다음으로 오래된 조선 시대 사립대학이다.

이 댁에서 만드는 솔송주는 봄에 솔눈을 따서 내린 발효주이며, 담솔은 솔송주를 증류하여 2년간 숙성한 술이다. 이 술들은 이제껏 마셔본 그 어떤 술보다도 인상적인 궁극의 솔 향을 지니고 있었다. 요리사로서 이 술들을 더욱 아끼는 까닭은 다양한 요리에 활용하기 좋아서다. 생선 절임 요리를 할 때 브랜디로 절이는 조리법이 있는데 브랜디 대신 이 술들을 넣어봤더니 풍미가 잘 살아났다. 흔히 생선 요리나 디저트를 만들 때 브랜디 등의 술을 사용해 불을 붙여 향을 입히는 조리법을 '플람베Flambee'라고 한다. 이 플람베를 잡내를 잡아주는 조리법으로만 알고 있는 경우가 많은데, 사실 이는 잡내를 없애기 위함이 아니라 오히려 필요한 향을 남기는 작업이다. 예를 들어 그랑 마니에는 오렌지 향, 알마냑은 포도 향, 칼바도스는 사과 향 하는 식으로 어떤 술을 사용하느냐에 따라 요리에 남겨지는 향이 달라진다. 이 솔송주와 담솔은 은은하고 훌륭한 솔 향을 가지고 있어서 아주 좋은 요리 재료다.

총각 시절에는 이 댁 어른이 나를 사위 삼고 싶어 하실 정도로 아껴주셨다. 나 또한 여기서 술 담그는 법을 전수받고 싶은 마음이 굴뚝같을 만큼 각별한 곳이기도 했다. 주인어른이 내주시는 향기로운 솔송주 한 잔을 곁들여 국밥 한 그릇 먹고, 고풍스러운 고택에서 하룻밤 푹 쉬고, 공기 좋은 옛 동네를 천천히 거니는 것만으로도 마음이 평화로워지곤 했다. 그 뒤로도 집에 솔송주가 떨어졌다 싶으면 직접 사러 내려갈 정도로 늘 잊지 않고 있었는데, 최근 남계서원을 유네스코 문화유산에 등재하려 추진하고 있다는 소식에 무척 반가웠다. 유네스코에 등재되면 이 댁 가옥뿐만 아니라 솔송주의 가치도 더욱 올라갈 수 있을 테니까 말이다.

전남 진도의 전통주인 '홍주'도 요리에 쓰기 좋은 술이다. 보리쌀에 누룩을 넣어 발효시킨 다음 지초라는 한약재를 통과해 내리면 붉은색으로 변하는 술인데, 생선도 좋지만 특히 고기 요리와 아주 잘 어울린다. 2013년 향년 84세로 별세하신 무형문화재이자 홍주 기능보유자였던 허화자 할머니는 내가 가면 넓적한 밥뚜껑에다가 홍주를 찰랑찰랑 담아 건네주시곤 했다. 갈 때마다 늘 취기가 있으실 정도로 술 담그는 일에 평생을 바친 분이다. 어느 비 오는 날 할머니를 뵈러 가면서 근처 장에서 꽃무늬 윗옷을 한 벌 사다 선물해드렸던 기억이 난다. 기분 좋고 반가울수록 괜히 더 퉁명스럽게 대하는 모습이 오히려 더 정감이 가는 어르신이었다.

솔송주나 홍주 말고도 우리나라에는 가치 있는 전통주가 많다. 고려 시대부터 전해 내려오는 술인 '녹파주'도 빼놓을 수 없다. 요리사로서 이런 전통주들을 좋아한다는 건 개인적으로 그 술들의 맛을 좋아하거나 요리에 활용한다는 뜻 이상이다. 우리 술을 지금보다 훨씬 더 세련된 디자인으로 브랜드화하고 레이블을 붙여서 세계 시장에 내놓고 싶은 꿈이 있다. 술병도 소장하고 싶을 만큼 매혹적으로 디자인하고, 일본의 사케처럼 한국을 대표하는 술로 상품화하고, 프랑스의 와인처럼 누구나 레스토랑에서 식사와 곁들일 수 있도록 판매하고, 칵테일처럼 다양한 모습으로 만들어 많은 사람들이 친숙하게 즐길 수 있게 하고, 그리하여 점차 끊어져가는 전통주의 명맥을 이어갈 수 있게 만드는 일들, 얼마든지 할 수 있으리라 믿는다.

여수 연등천의 오래된 포장마차에서 수백 년 된 고택의 향이 깊은 가양주까지, 한국에 돌아온 뒤로 지금까지 우리나라에 얼마나 아름다운 식재료와 요리의 유산들이 있는지를 보고 느끼고 배웠다. 이 모든 것들이 나에겐 무궁무진한 요리의 영감이자 정말로 세계화해야 마땅한 재산들이다.

나만의 것을 만들다

새로운 요리의 발견이 새로운 별의 발견보다 인간을 더 행복하게 만든다.
_브리야사바랭

"제가 정말 해도 될까요?"

함박눈이 펑펑 내리는 날이었다. 유리창 너머로 창덕궁 낙선재의 담벼락이 바라다보이는 작은 찻집. 수업을 마치고 선생님과 마주 앉아 차를 마시는 중이었다. 늘 그렇듯이 선생님은 말씀이 많지 않았다. 하지만 차 한 잔을 앞에 두고 독대하면서 따뜻한 눈빛을 접하는 것만으로도 마음이 차분하게 정리되었다.

"저는 선생님께 배운 지도 얼마 안 되었고 아직 많이 모자란데요."

"그래도 내 생각에는, 다른 사람들보다 제대로 할 자신만 있다면 네가 하는 게 좋을 것 같은데?"

그 순간, 그동안의 고민은 끝났다. 창밖의 흰 눈을 보며 모처럼 기분이 좋아졌다. 그래, 선생님 말씀대로 '제대로' 해보자. 머릿속이 환하게 밝아졌다.

선생님과 헤어지자마자 핸드폰을 꺼내 전화를 걸었다.

"피디님, 할게요."

결국 〈마스터 셰프 코리아〉의 심사위원 제안을 받아들였다. '내가 정말 그 방송을 해야 하나? 할 수 있을까? 왜 내가 해야 하지?' 라는 오랜 갈등이 그제야 겨우 끝났다.

우리나라 궁중음식의 대가, 한복려 선생님으로부터 한식을 배우기 시작한 지 2~3년쯤 되던 겨울 어느 날의 일이다.

〈마스터 셰프〉의 한국판 제작이 결정되자 전부터 알고 지내던 방송국 PD들로부터 계속 연락이 왔다. 심사와 진행을 맡아달라고. 하지만 나는 방송을 하고 싶은 마음이 별로 없었다. 성격상 방송에 나가서 얘기하는 것도 불편하고, 내가 하는 말에 누군가가 영향을 받을 수도 있다는 것이 두려웠다. 사람들이 유행처럼 쉽게 말하는 '스타 셰프'라는 표현도 부담스럽고, 방송을 통해 요리에 대한 깊이 있는 뭔가를 전달하기보다는 자꾸 연예인처럼 사람 자체가 이슈가 되는 것도 불편했다. 이제는 아내가 된 당시의 여자친구와 사귀고 나서 처음으로 크게 언성을 높이며 다퉜던 것도 방송 때문이었다. 그녀는 내가 방송을 했으면 좋겠다고 조언했지만 나는 내가 왜 해야 하느냐며 고집을 꺾지 않았다. 그렇게 방송을 하기로 결정하기까지 남들은 이해 못할 혼자만의 갈등의 시간이 제법 길었다.

〈마스터 셰프〉 미국판은 고든 램지가 진행했지만 그 전에 영국 BBC에서 방영한 오리지널 버전을 진행한 사람은 르 가브로쉬Le Gavroche라는 프렌치 레스토랑을 운영한 미셸 루, 역시 피에르 코프만의 제자다. 고든 램지는 미셸 루 밑에서도 일을 했고, 피에르 코프만의 제자뻘 되는 또 다른 유명 요리사인 마르코 피에르 화이트 밑에서도 일한 적이 있다. 즉 오리지널과 미국판 모두 소위 '코프만 라인'이 심사위원을 맡았다. 영국에서 지낼 때, 이 프로그램이 한국에 알려지기 훨씬 전부터 쭉 즐겨 봤는데 진행자들 모두 내 스승의 제자들이거나 내 선배들이었던 셈이다.

그래서 한국판이 제작된다는 소식에 나로서는 다른 누구도 느끼지 못할 각별함이 느껴질 수밖에 없었다. 나 자신이 피에르 코프만 밑에 있었고 그 뒤 고든 램지의 레스토랑에서 일하며 내 귀로 직접 호통 소리를 듣고 욕도 먹어본 적이 있기 때문에, 고든이 나오는 프로그램을 보면 그가 하는 말 한 마디, 행동과 표정 하나하나가 어떤 뜻이고 어떤 의도인지 고스란히 보였다.

그런데 나 아닌 다른 누군가가 심사를 하고 신행을 한다? 그런 상상을 하자 남 일처럼 모른 척하기가 쉽지 않았다. 정확한 표현인지 모르겠지만 일종의 책임감 비슷한 복잡한 감정이었다. 다른 누군가가 혹시라도 프로그램 의도를 오해하거나 망쳐놓는다면 나 자신이 편치 않을 것 같다는. 적어도 그 선배들이 갖고 있는 기준이라는 것을 나도 알고 있으니까, 그 기준대로 하면 되지 않겠느냐는 생각이 들었다. 내가 그들로부터 배운 요리의 기준과 기본을 나보다 더 잘 이해할 수 있는 요리사는 적어도 우리나라에는 없을 테니까.

이런 고민을 한복려 선생님께 털어놓자 선생님은 고개를 끄덕이셨다. 그리고 해보라고 말씀해주셨다. 다른 이들의 그 어떤 권유와 설득의 말보다도 선생님의 격려 한 마디가 내 고민에 종지부를 찍는 데 결정적인 역할을 했다.

결과적으로 〈마스터 셰프 코리아〉는 '방송을 하는 요리사'로서의 내 역할과 대외적 이미지에 많은 변화를 가져다주었다. 그리고 사실은, 방송을 하고 안 하고를 떠나 내 요리 인생에 결정적인 영향을 끼치며 터닝포인트를 맞이하게 해준 존재는 다름 아닌 한복려 선생님이다.

⌓

한복려 선생님을 뵙게 된 건 한국에 들어온 지 2년 반쯤 됐을 무렵이다. 한식을 제대로 배우겠다는 뚜렷한 목표가 있었던 나는 〈더 셰프〉라는 방송 프로그램을 기회로 전통 반가음식을 배우며 전국 각지를 기웃거리다가, 큰맘 먹고 '궁중음식연구원'의 문을 두드렸다. 외국에서 서양 요리를 했던 과거 경력과 상관없이 모든 걸 처음부터 배우는 입장이라고 생각했기에 처음엔 일반인과 같은 클래스에 등록해 수업을 듣기 시작했다.

살면서 학교나 학원 같은 교육기관에 얽매이며 규칙적으로 등하교 하는 것을 좋아한 적은 한 번도 없었다. 그러나 한복려 선생님께 배우러 다니는 건 전혀 다른 문제였다. 마치 모범생이라도 된 것처럼 열심히 왔다 갔다 했다. 중간중간 방송 녹화 스케줄 때문에, 또는 운영하던 레스토랑 일 때문에 시간이 안 나 결석할 때도 있었지만 웬만하면 빠지지 않으려고 최선을 다했다.

10년 동안 외국의 주방에서 서양 요리사들로부터 요리의 기본, 맛의 기본, 재료의 기본을 배웠다면 이제는 한식의 기본에 대해 깊이 있게 배울 수 있어서 좋았다. 단지 한식 요리법이나 조리 기술을 배우는 차원이 아니라 우리 음식의 오랜 역사와 조선 시대 의궤 같은 옛 문헌 속 전통음식들까지 하나하나 짚어가며 공부할 수 있었다.

선생님은 처음 한 1년은 드러내놓고 관심을 보이시지 않았다. 오면 오나 보다, 가면 가나 보다, 소 닭 보듯 하셨던 것 같다. 그러나 1년이 지나고 2년이 지나고 한 해 한 해 시간이 쌓여갈수록 전보다 따뜻한 눈빛과 말투로 대견하게 봐주시고 있다는 느낌을 받았다. 그냥 일시적으로 변죽만 울리다 갈 놈인지, 진득하게 계속할 놈인지를 말없이 지켜보셨을 것이다.

그 뒤로 6년이 지난 지금까지 꾸준히 선생님께 배우고 있다. 스케줄 때문에 도저히 어쩔 수 없을 때가 아니면 매주 가서 배우는 게 당연한 일상이 됐다. 언제까지 배우겠다고 작정한 건 없다. 선생님이 더 이상 요리를 안 하시는 날이 온다면 모를까, 활동을 계속하시는 한 나도 배움을 계속할 생각이다.

선생님으로 인해 내 요리 인생의 터닝포인트를 맞이했다고 말할 수 있는 것은, 요리에 대한 영감을 끊임없이 샘솟게 해주시기 때문이다. 수업을 듣거나 독대해서 말씀을 듣고 있다 보면 그동안 한 번도 생각하지 못했던 새로운 메뉴들이 머릿속에서 쏟아져 나올 때가 많다. 한 시간 이야기를 나누는 동안 메뉴에 대한 아이디어가 열 개 이상씩 떠오른 적도 있다. 그 메뉴들 하나하나가 나만의 요리책으로 차곡차곡 쌓여가고 있다. 마치 음악가들이 '도레미파솔라시'라는 7음계만으로도 끊임없이 새로운 음악을 만들어내는 것처럼.

♧

어떤 이들은 가끔씩 내게 이런 질문을 던진다. 왜 이제 와서 한식을 하느냐고. 혹시 서양 음식을 하다 안 되니까 도망치듯이 한식을 선택한 건 아니냐고. 어차피 한국에서 한식을 할 거였으면 영국에서 보낸 시간들은 필요 없었던 것 아니냐고.

그러나 나는 오히려 그 반대라고 생각한다. 서양 음식을 했기 때문에 오히려 한식을 바라보는 폭이 넓어졌다고 느낀다. 서양 음식에 대한 경험이 있기 때문에, 한국에서만 요리를 했더라면 미처 생각해내기 어려웠을 아이디어들도 떠올릴 수 있는 것이 아닐까. 영국에 계속 있었다면 한식을 제대로 알지 못하는 상태에서 어쭙잖은 '퓨전' 요리를 하고 있었을지도 모른다. 반면에 서양 요리에 대한 경험이 없었다면 기존의 한국인이 생각할 수 있는 한식의 범주를 벗어나기 어려웠을 것이다. 어느 쪽도 내가 지향하는 방향은 아니다.

서양 음식과 동양 음식, 동양 음식 중에서도 한국 음식과 중국음식과 일본 음식들은 단순히 조리법만 다른 것은 아니다. 맛이 우러나오게 하는 방법과 시간, 불 쓰는 방법들도 다 다르다. 식재료가 어떤 환경에서 어떤 시간을 보내며 키워졌는지에 따라서도 요리의 디테일들이 달라진다. 그렇기에 요리는 어느 하나에서 답이 나오지 않는다. 어느 정도 배우고 익혔다고 해서 배움이 끝나는 건 결코 아니다. 배움과 경험의 폭이 넓을수록 요리를 바라보는 시각도 풍부해진다.

나는 피에르 코프만으로부터는 클래식한 프랑스 요리들을, 장조지나 피에르 가니에르의 레스토랑에서는 동서양을 접목한 다양하고 파격적인 요리들을 접했다. 그래서 일반적인 한국인이 바라보는 한식이 아니라 10년간 유럽 음식을 현장에서 보고 만들어본 시각에서 한식을 보게 된다. 한식에 대한 나만의 시각과 가치관을 가질 수 있게 되었노라고 감히 자부할 수 있다.

사람들은 명품을 사면서 그게 어느 나라 물건이냐가 아니라 어떤 브랜드인지를 따진다. 그런 것처럼 현대의 요리는 어느 나라 요리냐가 아니라 그 요리를 만든 셰프가 누구냐에 따라 달라진다. 요리의 정체성을 결정하는 건 그걸 만든 요리사의 철학과 생각이다.

그래서 고든 램지의 요리는 그가 프랑스에서 요리를 배웠다고 해서 '프랑스 요리'라고도 하지 않고, 그가 스코틀랜드 출신 영국인이라고 해서 '영국 요리'라고도 하지 않는다. 그냥 '고든 램지의 요리'라고 한다. 어느 나라 음식이냐, 혹은 어느 나라 사람이 만든 음식이냐가 아니라 '고든 램지 스타일의 음식'이다. 피에르 가니에르의 요리를, 장 조지의 요리를, '이건 프렌치, 저건 퓨전'이라고 표현하는 것이 아니라 '이건 피에르 가니에르의 요리' '이건 장 조지스타일의 요리'라고 지칭할 뿐이다.

나 역시 '강레오의 요리'라고 일컬어질 수 있는 요리를 궁극적으로 하고자 한다. 한복려 선생님도 언젠가 이런 말씀을 해주셨다.

"요리사로서 너만의 작품을 많이 만들어내는 제자가 되었으면 좋겠다."

전통 한식의 복원이든 새로운 조합의 창의적인 요리든 한식의 새로운 방향을 구현할 수 있는 요리사가 되었으면 좋겠다는 그 말씀을 늘 잊지 않고 있다.

나의 요리를 완성시켜가는 과정에 항상 더 많은 영감과 아이디어를 주는 분, '이심전심'이라는 말처럼 주고받는 눈빛과 오가는 몇 마디의 대화만으로도 많은 걸 깨우치게 해주는 분, 내가 평생 가야 할 길의 스승이자 내 요리의 아이덴티티의 가장 중심에 있는 분. 그런 스승으로부터 평생 배워나가며 나만의 요리를 만들고 싶다. 누구나 만들 수 있는 요리가 아닌 나의 독창성이 들어간 '강레오 스타일'의 요리들을.

우리 것을 대하는 우리의 자세

당신이 먹은 것이 무엇인지 말해달라.
그러면 당신이 어떤 사람인지 말해주겠다.
_브리야사바랭

청포묵을 쑤고, 부드럽게 삶은 문어를 잘라 그 안에 넣고, 부추도 썰어 넣는다. 굳은 다음 납작납작 썰면 단면에 문어 조각들과 초록색 부추가 점점이 박혀 있다. 발론틴(ballontine : 재료를 둥글게 말아 썬 것) 형태의 묵 위에 간장 양념을 끼얹고 갖은 채소를 샐러드처럼 얹는다. 모양은 다르지만 묵무침처럼 익숙한 맛을 느낄 수 있다. 그런가 하면 둥글고 바삭한 프렌치 스타일의 팬케이크를 포크로 부수면 그 아래 만두 일곱 개가 둥글게 붙어 있는 요리도 있다. 바삭바삭한 식감의 만두 밑에는 간장 소스가 깔려 있어서 포크로 부수면서 자연스럽게 찍어 먹을 수 있다. 옆에는 들깨 소스로 버무린 따뜻한 샐러드를 곁들인다. 그 밖에 진하게 재워놓은 불고기 양념을 소스로 곁들인 스테이크도 있고, 팬케이크 같은 모양과 식감을 지닌 파전도 있다.

이중 몇몇 메뉴는 2012년 런던 올림픽 당시 영국 국빈들과 현지 음식평론가들이 참석한 갈라 디너쇼에서 선보여 좋은 평가를 받고 그 후 몇 차례 대외적인 자리에 선보인 적이 있다. 내 경험 속의 서양 요리와 한국에서 배운 한식을 접목해 만들어낸 여러 가지 요리 가운데 아주 일부분이다.

이제까지 해온 것보다 더 새롭고 창의적인 요리들을 앞으로도 끊임없이 만들고 연구하며 천천히 쌓아나가고 싶다. 한국인이라는 정체성을 바탕으로 한식에 뿌리를 두되 유럽에서 배운 시각으로 재해석하는 요리, 단순히 한국인이니까 고추장 넣고 된장 넣어서 만드는 것이 아니라 나의 경험과 해석이 가미된 독특한 스토리를 가진 요리, 그래서 국경과 상관없이 한국인이건 외국인이건 누구나 맛있게 먹을 수 있는 새로운 스타일의 한식 요리들을 만들고자 한다.

20대 때, 전 세계 여러 나라의 식당들이 거리거리 즐비한 런던 시내를 누비고 다니면서 이 세상엔 참으로 다양한 요리들이 있다는 데 첫 번째로 놀랐다. 그리고 그 다양한 요리들을 편견 없이 받아들이며 즐기는 사람들의 사고방식에 두 번째로 놀랐다. 그런데 그보다 더 놀라웠던 사실은 그 수많은 식당들 중에 한국 식당은 거의 없었다는 점이다.

물론 있긴 있었다. 런던 시내 중심가가 아닌 뚝 떨어진 외곽, 한인 타운에 한글로 된 한식당 간판을 단 곳이 몇 개 있었다. 얇은 종이를 코팅한 오래된 메뉴판에는 손때가 묻어 있고, 파는 음식들은 우리나라 배달 음식 정도의 수준이고, 오는 손님들은 거의 다 한국인이고, 주방에서 일하는 사람들은 조선족이 대부분인. 세월이 꽤 많이 지난 지금이라고 해서 크게 달라진 것도 없다는 게 또 한 가지 특징이다.

해외에 있는 한식당들의 가장 큰 문제는 대부분 현지인이 아닌 한국인을 상대로 장사를 한다는 점이다. 메뉴들을 봐도 수준 높은 한식보다는 고생하며 살던 시절에 먹던 몇 가지 음식만을 한국 음식이라며 팔고 있다. 현지에 사는 일부 한인이나 한국인 관광객이 찾을 뿐, 그런 식당을 찾아갈 외국인은 많지 않았다.

우리가 우리 음식으로 즐기는 것들이 외국에서도 그대로 통용되지는 않는다. 우리가 우리 음식이라며 맛있게 먹는 삼겹살이나 보쌈이 그들 눈에는 야만적인 낯선 음식에 불과할 수도 있다. 아무리 우리나라 고추장과 된장과 간장을 그 나라에 수출한다 한들, 제대로 된 한국 음식을 접해보지 않은 현지인들이 중국이나 일본 간장이 아닌 한국 간장을 사다 쓸 일은 없을 것이다. 더구나 현지 식당에서 쓰는 특정 업체의 고추장이나 된장은 외국인 시선에서 봤을 때는 방부제가 들어간 자극적인 조미료에 불과할 수도 있다.

우리끼리 '한국 음식은 이거여야 해, 한식 메뉴는 이래야 해'라고 주장하는 고정관념 속의 음식이 아니라 현지인들이 거부감 없이 받아들일 수 있는 음식, 현지의 음식 문화를 충분히 고려한 음식, 한식의 맛을 분명히 가지고 있지만 그들에게 친숙한 모습을 지녀 자연스럽게 다가갈 수 있는 음식, 그리하여 일부 한국 관광객만 찾아가는 식당이 아니라 현지인들에게 맛으로 인정받고 심지어 미슐랭 스타도 얼마든지 받을 수 있는 한식당을 세우는 일. 과연 불가능하기만 한 일일까?

우리나라에 돌아와서 그동안 지겹도록 많이 들은 말이 바로 '한식의 세계화'다. 국가에서, 재단에서, 연예인부터 일반인까지 한목소리로 부르짖는다. 전 세계에 한식을 알리자고.

그런데 어느 순간부터 이런 느낌이 들었다. 대한민국이 살기 좋은 나라이고 한식이 맛있고 훌륭한 음식이라는 이야기를 우리끼리만 하는 것 같다는. 알고 보면 우리가 우리에게 홍보를 하고 있고 우리끼리 자화자찬하느라 바빠 보였다.

지난 몇 년 동안 한식의 세계화를 위해 국가적으로 엄청난 비용을 투자해 해놓은 일이란, 예를 들어 이런 식이었다. '비빔밥'을 세계인에게 알린다며 이런저런 광고를 만들고, 길거리에서 비빔밥을 만들어 외국인에게 맛보게 하는 이벤트를 하고, 외국인들로 하여금 엄지손가락을 치켜들며 우리말로 "맛있어요"라고 말하게 하고는 그 모습을 촬영하고, 이런 장면들만 부각시켜 "외국인들이 우리 비빔밥을 좋아하더라" 하면서 선전방송 하듯이 방송을 내보낸 뒤 우리끼리 자축하는 모습들. 이것이 과연 '어떻게 하면 전 세계에 한식을 알릴 수 있는가'에 대한 해답이 될 수 있었을까?

이러한 한식 홍보 활동의 패턴에서 나는 결정적인 허점을 발견했다. 그건 바로 음식 자체를 홍보하는 데만 너무 초점을 맞췄다는 점이다.

현실은 그와 반대다. 음식이란 것은 길거리에 나가서 "이 음식 먹어보세요"라고 홍보를 한다고 해서 선뜻 먹게 되는 것이 아니다. 생전 처음 보는 낯선 음식, 남의 나라 음식을 먹기까지는 음식이 먼저가 아니라 그 나라에 대한 신뢰가 먼저다. 그 나라를 알고, 그 나라가 좋아지고, 그 나라 문화에 관심이 가고 믿음이 생겨야 비로소 그 음식이 입에 들어간다. 절대로 음식을 먼저 먹게 되지는 않는다.

그런 사실을 잘 보여준 사례가 최근 중국에서 불었던 '치맥 열풍'이다. 중국인들이 한국식 치킨을 파는 식당에 줄을 서서 치킨을 먹었던 건 단지 치킨 맛 때문이 아니었다. 자기들이 재미있게 본 한국 드라마에서 전지현과 김수현이 치킨을 먹는 모습을 보았기 때문이다. 한류 열풍으로 드라마와 영화, 예능 프로그램이 수출되는 과정에서 한국을 알리는 문화 속에 음식이 녹아 있기 때문에 거기 등장하는 떡볶이와 김치에도 관심이 가는 것이지 절대로 떡볶이와 김치를 먼저 먹어보고 한국을 좋아하게 되는 게 아니다.

우리에게도 그런 비슷한 경험이 있지 않은가? 예전에 일본 드라마나 영화, 애니메이션이 우리나라에서 인기를 끌 때, 그러한 문화들로 인해 일본 문화에 호감이 생기고 그때 비로소 일본 음식에도 관심이 갔을 것이다. 일본 음식을 먼저 먹어보고 싶었던 게 아니라, 좋아하는 드라마나 영화 속에서 주인공이 먹는 모습을 보고 나자 비로소 저 음식이 궁금해지고 '나도 한번 먹어보고 싶다'는 생각이 들었을 것이다.

이처럼 사람의 마음의 벽을 허무는 게 문화다. 문화로 인해 벽이 허물어지고 그 문화를 신뢰하게 되면서 자연스럽게 그 나라 음식도 신뢰하게 된다. 그래서 음식을 알리기 전에 한국이라는 나라를 알리는 일이 중요하다. 그 나라에 대한 정보가 있고 호감을 가져야 그 나라 음식을 먹게 되기 때문이다. 나라를 알리는 일은 요즘처럼 한류일 수도 있지만 우리나라로 직접 오게 만드는 관광 상품을 만드는 일도 중요하다. 최근 중국인 관광객이 많아졌다고는 하지만 지나치게 쇼핑에만 치우쳐 있다는 점도 문제다. 쇼핑만 하는 것이 아니라 다양한 문화들을 접할 수 있게 하고 그 안에 제대로 된 한식도 포함되어 있어야 한다.

어떤 음식을 세계화할 것인지에 대해서도 생각할 필요가 있다. 소위 한국의 '대표음식'이라며 내세우는 정형화된 메뉴들이 있다. 그런데 그게 과연 한식의 전부일까? 혹은 제대로 된 한식이기나 할까?

예를 들어 외국인들이 좋아하는 한식이라며 흔히 불고기를 내세운다. 그러나 조금만 입장을 바꿔놓고 생각해보면, 불고기가 한국의 대표음식이라는 건 우리만의 생각일 뿐 외국인들이 보기엔 우리나라 불고기나 일본의 '야끼니꾸'나 크게 다르지 않아 보일지도 모른다. 잡채? 우리 전통음식이라고는 하지만 외국인들 눈에는 중국 스타일의 수많은 요리 가운데 하나로 보일 수도 있다.

비빔밥이 한국의 대표적인 전통음식이라고? 과연 그럴까? 비빔밥의 이전 형태는 '골동반'이라는 요리다. 1800년대에 편찬된 조리서 『시의전서是議全書』에도 등장하는 조선 시대의 골동반은 대단히 손이 많이 가는 고급 음식이다. 밥이 마르지 않게 비벼놓아야 하고, 그 위에 쇠고기는 물론이고 소 내장으로 만든 육전, 생선전, 채소전 등이 고명으로 올라가고 완자도 빚어 올려야 한다. 그야말로 궁궐이나 양반집에서나 해 먹던 요리다. 그러다가 빨리 만들어 먹을 수 있도록 변형시킨 것이 오늘날의 비빔밥이라는 형태가 되었다. 지금 우리가 먹는 것처럼 달걀부침을 얹고 고추장에 빨갛게 비벼 먹는 비빔밥이 생긴 건 그리 오래전 일이 아니다.

음식에 고춧가루나 고추장을 빨갛게 넣어 먹는 것도 마찬가지다. 우리가 잘 아는 시뻘건 닭볶음탕은 일제 강점기만 해도 고춧가루가 많이 안 들어가는 음식이었다. 특히 김치가 그렇다. 우리나라에서 고추를 본격적으로 재배하고 음식에 사용한 것은 18세기 이후다. 우리나라 토종 배추와 다른 외래종 배추에 고춧가루를 잔뜩 넣어 담그는 지금의 김치 형태가 만들어진 건 지금으로부터 불과 몇 십 년도 되지 않았다.

5천 년 역사를 갖고 있는 우리나라다. 조선 시대만 해도 500년이다. 20~30년쯤 된 식당들이 있고 그중에는 '원조'라는 이름을 내건 식당들도 있지만, 원조라는 것의 정체는 또 무엇일까? 음식이란 그에 따른 유래와 흐름이 있는 것이지 어느 한 사람이 발명품처럼 발명하는 게 아니다. 그 원조라는 것도 이전 모습이 있었을 테고 누군가에게 배운 음식에서 레시피를 조금 바꾼 형태로 시작했을 것이다. 음식 역사 5천 년 중에서 원조라고 자랑해봐야 고작 30년 정도. 문을 연 지 50년이 넘은 식당은 겨우 손가락으로 헤아릴 수 있을 정도이고 그중에서 100년쯤 된 식당은 한두 군데에 불과할 만큼 지극히 드물다. 50년 이전의, 100년 이전의 한국 음식의 역사는 다 지워진 걸까? 두 세대 이상을 이어갈 수 있는 장인 정신이 우리에겐 없는 걸까?

　우리가 전통음식이라며 내놓는 음식들 가운데 전통음식과는 거리가 먼, '한국 고유의 맛'조차도 아닌 경우가 의외로 많다. 전통이 아니라 오히려 전통에서 멀어진 음식들, 한국인 고유의 입맛과 동떨어진 음식들, 전쟁 후 가난하고 먹을 것 없던 시절에 만들어 먹던 최근 몇 십 년 동안의 음식들만을 우리 음식이라고 단정 짓고 스스로 만들어낸 고정관념 안에 편리하게 갇혀 있다. 이런 몇 가지 메뉴들만을 세계화하자고 부르짖는다.

　두부 전문점이라고 하면, 일본에는 두부를 새로운 형태로 찌거나 튀기거나 삭히거나 치즈처럼 만들거나 모던하게 변형시키는 등 두부로 할 수 있는 온갖 다양한 형태의 요리들을 끊임없이 창작하는 식당들이 있다. 반면 우리나라는 늘 하던 두부전골이나 두부김치에서 크게 벗어나지 않는다. 영양학적으로나 예술적으로나 새롭고 가치 있는 요리를 만들어내려는 시도와 사고방식이 우리에겐 아직 많이 부족하다.

　새로운 창작뿐 아니라, 잊어버린 요리를 문헌을 통해 복원할 수도 있고, 어디선가 누군가에 의해 전해지고 있다면 찾아내어 전수받고 제대로 된 맛과 형태로 되살릴 수 있다. 그리고 이러한 음식들을 선보이는 다채로운 한식당들이, 우후죽순으로 차려진 이탈리아 식당이나 그 밖의 외국 음식 식당보다도 훨씬 많아져야 할 것이다.

때문에 한식의 세계화를 위해서는 자꾸만 외국으로 나가서 뭔가를 하려 들지 말고 오히려 나라 안으로 눈을 돌려야 한다. 밖으로 나가서 우리 음식을 어떻게 알릴지를 고민할 게 아니라 우리나라를 찾는 사람들을 위한 좋은 한식당이 국내에 훨씬 더 많이 생겨야 한다.

외국인이 '한국에 가서 한국 땅에서 파는 한국 음식을 먹고 싶다'고 느끼게끔 음식의 질과 디테일부터 달라질 필요가 있다. 서울이라는 도시에, 전주라는 도시에, 부산에, 광주에 한식당들이 더 많이 세워지되 기존의 삼겹살집이나 구태의연한 한정식집 말고 그보다 훨씬 더 디테일한 음식을 파는 한식당들이 생기는 것이 급선무다. 팔도 음식을 뒤섞어놓는 것이 아니라 전주면 전주만의 독특한 음식을 파는 전문 식당, 경기도면 경기도에서 전통적으로 먹던 식재료를 사용한 요리를 파는 식당, 전라남도에서도 각각 여수와 벌교와 장흥의 특색이 들어간 식당들을 세분화시키는 것, 충분히 가능하다.

그 지방의 특산품으로 만든 음식들, 그 지역 전통이 담긴 음식들, 다른 지역과는 구분되는 식재료와 환경을 반영한 음식들, 지금은 사라졌어도 예전에는 분명히 존재했던 음식들. 얼마든지 세계

화할 수 있는 자산들을 찾아내 한국인 스스로가 좋아하고 즐기는
한식 식문화부터 먼저 만들어야 할 때다.

틀 밖의 세상 보기

음식은 우리의 공감대이자 세계적인 공감대이다.
_제임스 비어드

다른 날보다 각별히 신경 써서 단장한 실내, 각양각색 재료를 올려 정성껏 만든 카나페, 이날을 위해 특별히 선별한 와인 리스트와 잘 닦아놓은 반짝이는 와인 잔들. 레스토랑에 행사가 있어 일반 손님은 받지 않는 날이었다. 연예인을 포함해 각계각층 유명 인사들이 모여 와인 파티를 벌였다. 왁자지껄한 분위기 속에서 파티는 성황리에 진행되었다. 멋지게 꾸미고 온 톱스타들도 취기가 오르는지 차츰 풀어진 모습을 보이기 시작했다.

중반까지는 그래도 괜찮았다. 애초에 기획했던 대로 아름다운 행사가 되는 듯했다. 그러나 밤이 깊어질수록, 그리고 와인 병이 하나둘 비워질수록, 예상하고 있던 일들이 일어났다. 와인에 취한 사람들이 슬슬 다른 걸 찾기 시작한 거다. 소주, 맥주, 치킨 같은 것들을.

결국 파티가 끝나갈 무렵의 풍경은 레스토랑이 아니라 여느 술집과 크게 다를 바 없어졌다. 와인 잔이 놓였던 자리에 '소맥' 잔이 놓이고, 카나페가 있던 자리엔 치킨과 피자가 놓였다. 그리고 새벽이 가까워지자 다들 약속했다는 듯 목소리를 높였다.

"자, 이젠 해장하러 가야지?!"

큰 파티건 작은 모임이건 우리나라 사람들이 꼭 하는 말이 있다. "그래도 한국 사람은 소맥이지" "그래도 한국 사람은 이걸로 해장해야지" 하는 말들. 그게 때로는 치맥이 되기도 하고, 때로는 어떤 종류의 해장국이 되기도 하고, 때로는 소주에 번데기가 되기도 하고, 때로는 김치나 고추장이 되기도 하지만, 어떤 경우든 그 앞에는 마치 약속이나 한 것처럼 똑같은 주문을 외운다. "한국 사람은 이게 있어야⋯⋯" "한국 사람은 뭐니뭐니 해도⋯⋯"라는 말로 시작되는.

이 정체불명의 주문을 외는 걸 자랑스러워하고 이게 우리만의 정체성, 한국 사람의 정체성이라고 스스로에게 세뇌시킨다. 그리고 그 안에 자신을 가둬놓는다. 음식뿐만 아니라 모든 분야의 문화와 사고의 틀까지도.

물론 우리에게 친근한 것을 찾고 그걸 한국인의 문화라고 생각하는 것 자체를 뭐라 할 순 없다. 하지만 그런 틀 안에 지나치게 갇혀 있다 보면 틀 밖의 세상을 보지 못한다. 그리고 거부한다. 아무리 소주나 치맥이나 김치를 좋아할지라도 때로는 다른 문화의 먹고 마시는 다양성에 대해서도 인정하고 받아들이면 좋을 텐데, 지나치게 '우리 것' 혹은 '우리 것이라고 단정 지은 것'에만 꽂혀 있는 경향이 있다. 다른 나라의 문화와 음식을 대할 때 때로는 그 나라 사람들처럼 먹고 마시고 느껴보기도 해야 하는데, '한국 사람은'이라는 주문을 외며 문을 닫아버린다.

　그럴 거면 파티에서 와인은 왜 마신 걸까? 게다가 와인을 마시다가 소맥은 왜 꼭 찾는 걸까? 어쩌면 와인을 마신 게 아니라 와인 마시는 흉내만 냈던 것은 아닐까? 내가 교양 있는 사람이고 돈 있는 사람입네 과시하기 위해서? 그래서 무조건 비싼 와인이 좋은 와인인 줄 알고 있었던 건 아닌가? 와인을 마시면 다음 날 머리가 아프다는 등의 이야기 말고는 더 이상 할 말이 떠오르지 않았던 건 아닌가? 와인 맛의 디테일에 대해, 남 앞에 과시하기 위해서가 아니라 진심에서 우러나와서 대화를 해본 적은 있었나? 이 와인이 생산된 해에는 날씨가 어땠는지, 이 와인에 들어간 포도나무는 어떤 땅에서 자랐으며 포도가 수확될 당시의 강우량과 일조량은 어땠는지, 그해에는 지구 온난화 때문에 날씨가 변해서 포도를 예년보다 일찍 수확하는 바람에 맛이 제대로 들지 않았고 그래서 와인

당도가 조금 떨어졌다든가 하는 대화를 자연스럽게 나눠본 적이 한 번이라도 있었나?

　요즘은 덜하다고 하지만 예전에 우리나라 사람들은 동남아시아에 단체관광을 가면 그 나라 음식을 먹는 게 아니라 그 나라에 있는 한식당에서만 밥을 먹고 다녔다. 현지 음식은 비위생적이고 한국인 입맛에 맞지 않는다며. 그리고 한국인은 절대로 고추장 없이, 김치 없이는 안 된다면서 한국에서 싸갖고 간 김치와 고추장을 주섬주섬 펼쳐놓았다. 한국인이 음식에 대해 얼마나 편협한 사고방식을 가졌는지를 단적으로 보여주는 예다. 사실은 동서양을 막론하고 전 세계인들이 중국 음식 다음으로 즐겨 먹는 음식이 바로 동남아시아 음식, 특히 태국과 베트남 음식인데도 말이다.
　해외여행을 가는 인구가 점점 늘고 있는 만큼 외국에 나가서 무엇을 경험하고 체험할지에 대해서도 사고의 범위를 확장할 필요가 있다. 여행을 한다고 하면서 관광지에 가서 기념사진 찍고 겉핥기식으로 돌아다니는 걸 여행의 전부라고 생각한 건 아닐까? 그 나라 문화를 체험한다고 하면서 오로지 서민 문화만을 그 나라 문화의 전부라고 생각한 적은 없을까? 예를 들어 런던을 여행한다면 런던의 재래시장에 가는 것도 문화 체험이지만 한 번쯤은 좋은 호텔과 레스토랑에서 자고 먹어보는 것도 문화 체험이다. 배낭여행이라는 명목으로 서민 문화만을 보고 온다면 그 나라 문화를 온전히 보았다고는 할 수 없다. 서민 문화만이 그 나라 문화가 아니라 귀족 문화도 그 나라 문화이고, 어떤 나라건 중산층의 문화가 그 나라의 문화 특색을 가장 잘 보여주기 때문이다.

음식을 대하는 자세를 보면 문화를 대하는 자세를 알 수 있다. 익숙지 않는 문화나 음식을 대하는 데, 외국인과 외국 문화를 대하는 데, 전 세계 어느 나라에 뒤지지 않을 만큼 편협한 사고방식을 가진 나라가 우리나라라는 걸 인정하자. 인종 차별도 심할뿐더러 낯선 음식에 대해서도 마음이 닫혀 있는 우리의 모습을.

한식의 세계화를 이야기하기 전에, 우리가 먼저 남의 음식을 먹을 줄 알아야 남들도 우리 음식을 먹어주리라는 걸 이해해야 한다. 세계적인 것에 대한 가치와 스탠더드를 우리 자신이 적극적으로 받아들여야 한다. 마음의 문을 꽉 닫은 채 다른 문화의 스탠더드와 맛의 다양성을 이해하려는 노력을 하지 않는다면 세계화를 부르짖는 목소리도 공허해질 뿐이다. 와인으로 시작해 소맥으로 끝내며 '이게 한국 사람이지!'라는 주문을 합리화시키는 습관처럼.

음식 값에 들어 있는 속뜻

배가 비어 있으면 정신도 빌 수밖에 없다.

_발자크

나는 여행과 외식을 무척 좋아한다. 결혼 전에는 혼자서도 잘 다녔는데 아내를 만난 다음부터는 취향이 서로 잘 맞아서 둘이서 맛있는 것을 먹으러 다니는 걸 즐긴다. 그런데 나도 아내도 1순위로 기피하는 식당이 있다. 사람들이 문 밖에 줄을 서서 기다리고 있는 식당이다. 아무리 평소에 잘 가던 곳이라도 기다란 줄이 보이는 순간 곧바로 발걸음을 돌린다. 여러 가지 이유가 있지만, 손님들이 줄을 서야 할 만큼 북적이는 날에 음식의 질과 식당의 서비스가 만족스러울 거라고는 생각되지 않기 때문이다.

또 하나 기피하게 되는 식당은 화장실이 더러운 곳이다. 한번은 지방 어느 식당에 갔는데, 소위 맛집으로 소문난 곳이라 손님도 많았고 음식도 맛이 있었다. 그런데 문제는 화장실이었다. 시설이 열악한 정도가 아니라 아예 재래식이었다. 나는 어릴 적에 시골집에서 자랐지만 화장실에 대해서는 늘 비위가 약했다. 더구나 음식을 맛있게 먹고 나온 직후에 그 화장실에 들어갈 엄두는 도저히……. 그래서 급히 다른 곳의 화장실로 달려갔던 기억이 난다.

한식의 세계화를 위해 개선해야 할 것들 가운데 의외로 사람들이 간과하는 부분이 있다. 바로 위생과 안전이다. 식당 운영에서 중요한 것은 음식 맛뿐만이 아니다. 서비스, 인테리어, 공간 설비, 위생, 마케팅 등 다양한 요소가 골고루 뒷받침되어야 한다. 그리고 그 모든 요소들 가운데 1순위는 바로 위생이다. '무엇을 먹었느냐'만큼 중요한 건 '어떤 환경에서 먹었느냐'다. 어떤 식재료를 썼는지도 중요하지만 그 식재료를 어떤 환경의 주방에서 만들었는지도 중요하다. 음식이 맛있고 재료를 좋은 걸 쓰고 화학조미료와 식품첨가물을 안 쓰는 것도 중요하지만, 그에 못지않게 중요한 건 그 식당이 위생과 서비스에 얼마나 신경을 쓰고 있느냐다. 그런데 우리나라 식당들이 유독 둔감한 부분이 바로 위생이다.

예를 들어 신발 벗고 들어가는 좌식 테이블이 있는 음식점에 가서 주변을 한번 살펴보자. 자주 닦지 않아 끈적거리는 방바닥, 언제 빨았는지 짐작도 할 수 없는 때 묻은 방석들, 오래된 플라스틱

반찬그릇, 낡고 먼지 낀 수저통, 가게를 열고 한 번도 새것으로 교체하지 않는 게 분명한 스테인리스 숟가락과 젓가락. 주위에서 흔히 볼 수 있는 식당 풍경이다.

그런가 하면 주방은 어떤가? 요리사라는 사람들이 변변한 유니폼은커녕 기름때에 절어 있는 복장을 하고 있고, 더러운 앞치마에 고무장화나 고무 슬리퍼를 직직 끌며 돌아다니고, 타일 바닥에는 물이 흥건하게 고여 있고, 질척거리는 시멘트 바닥에 배추를 잔뜩 쌓아놓은 채 커다란 고무대야 늘어놓고 소금에 절이거나 김칫소를 버무리고 있고, 얼마나 위험한 일인 줄도 모른 채 식재료를 비닐봉지째 냉동실에 처박아 보관한다. 싱크대 주변에는 철수세미와 락스 세제 같은 것들이 아무렇게나 놓여 있는데, 불과 기름이 있는 곳이기 때문에 주방에 락스를 두는 것만으로도 위험 요소가 될 수 있다는 걸 아무도 신경 쓰지 않는다.

맛집이라고 소문이 자자해서 식사 시간마다 손님들이 줄 서서 기다렸다가 먹고 가는 식당들은 어떨까? 음식은 누구도 이의를 제기할 수 없을 만큼 맛이 있다. 그런데 실내에 소방 시설이 제대로 마련되어 있지 않아 불 한번 나면 끔찍한 상황이 벌어질 수 있는 식당이라면? 또는 음식을 맛있게 먹고 화장실에 갔는데 입구부터 역한 변소 냄새가 풍기고 변기 옆 휴지통에는 더러운 휴지들이 산더미처럼 쌓인 것도 모자라 토해내듯이 넘쳐흐르고 있다면? 심지어 시골에 있는 식당이라서 화장실이 재래식이라면?

그런데 식당 주인들뿐만 아니라 손님들도 이러한 식당 환경에 대해 이상하리만치 너그럽다. 음식만 맛있으면 화장실은 더러워도 되는 게 한국 정서인 걸까? 혹시 더러운 실내 환경이나 촌스러운 인테리어나 지저분한 화장실을 꼭 지켜야 할 우리만의 전통이라고 여기는 걸까? 아니면 굳이 바꿔봐야 손님들이 알아주지도 않겠거니 싶어 안 바꾸는 것일까?

이런 식당들을 보면 가슴이 조마조마하다. 뉴스에 일일이 나오지 않을 뿐, 내 눈에는 전 국민이 단체로 식중독에 걸리기 일보 직전에서 아슬아슬하게 줄타기를 하고 있는 것만 같다.

☕

손님이 식당에 내는 음식 값에는 '오늘 이 식당에서 잘 먹었습니다'에 대한 대가만 들어 있는 건 아니다. '오늘 잘 먹었지만 앞으로도 잘 부탁합니다'라는 의미가 담긴 대가이기도 하다. 다음에 또 와서 음식을 먹고 서비스를 이용할 수 있게 해주십사 하는 손님의 당부와 기대가 포함되어 있는 것이다.

그러니 적어도 장사를 계속하고 있는 식당이라면, 심지어 맛집이라고 소문이 나서 많은 손님들이 찾아주는 식당이라면, 가게에서 번 돈이 손님한테 다시 돌아갈 수 있도록 청결에 대한, 설비에 대한, 서비스에 대한 재투자가 계속해서 이루어져야 한다. 위생에도 더 신경 쓰고 인테리어 수준도 업그레이드할 수 있어야 한다. 음식의 질도 더 높일뿐더러 전보다 더 깨끗하고 더 안전하고 더 친절한 식당이 될 수 있도록 끊임없이 개선해나가야 한다.

손님을 배려하는 식당인지 아닌지는 그 식당이 어떻게 변화하고 있는지를 보면 알 수 있다. 수저통 구석에 쌓인 먼지만 봐도 주인이 자기 가게를 아끼는지 아닌지를 알 수 있다. 주인이 자기 가게를 아끼지 않는데 하물며 직원들이 그 가게를 아끼기는 어려울 것이다. 바닥을 살피고, 천장도 살펴보고, 어디 먼지 낀 곳은 없는지, 전구는 안전하게 잘 갈려 있는지, 전기나 가스 설비에 위험한 부분은 없는지, 소방 시설은 잘 구비되어 있는지 늘 살펴봐야 한다. 화장실이 불결하다면 새로 정비하고, 전기와 가스 설비를 안전하게 갖추고, 유니폼도 제대로 맞추고, 식당 공간이 손님들로 하여금 편안하게 서비스를 누리게끔 하는 구조와 인테리어를 갖추고 있는지도 점검해야 한다. 수저도 정기적으로 새것으로 바꿔야 한다. 스테인리스라 하더라도 결코 영구적으로 쓸 수 있는 게 아니라 시간이 지나면 닳고 까진다.

특히 주방은 조금만 소홀해도 세균이 발생해 늘 식중독의 위험이 도사리고 있는 곳이기에 청결을 아무리 강조해도 지나치지 않다. 날마다 냉장고 속에 있는 것들을 다 끄집어내서 안팎을 닦고 바퀴와 바닥까지 청소할 정도는 되어야 한다. 청결과 안전에 대한 규제도 지금보다 훨씬 더 강화되어 국가 차원에서 관리해야 한다.

그리고 그 기준을 지키지 않은 식당들은 손님들에게 외면받아 더 이상 살아남기 어려워져야 한다.

　아무리 식당이 많아도 음식의 질이 낮고 서비스와 시설이 엉망인 식당이 많다면 그 나라의 음식 문화 발전에 도움이 되지 않는다. 식당을 운영하는 자영업자들에게도 마찬가지다. 돈이 없어 영세하기 때문에 청결에 신경을 쓰지 못했다는 건 말도 안 되는 핑계다. 서비스와 환경이 엉망이어서 맛도 건강도 안전도 고려하지 않은 식당이라면 차라리 망하는 게 맞다. 숫자가 줄더라도 질을 높이는 게 먼저다. 그게 모두의 발전을 위해 더 나은 길이다.

　때문에 식당 창업과 운영이란 그만큼의 책임이 필요한 일이다. 대를 이어 식당을 하는 사람들이 평생을 걸고 꾸준한 노력을 기울이는 것처럼, 당장 돈을 벌려는 조바심이 아니라 평생 할 일이라고 생각해야 애착이 생기고 아끼는 마음이 생긴다. '오늘 얼마 벌까?'가 아니라 '어떻게 하면 이 식당을 평생 할 수 있을까?'를 생각해야 한다. 조바심이 많아질수록 식당 셔터는 하루가 갈수록 점점 더 빨리 내려올 테니.

　사람들이 흔히 큰 호텔의 레스토랑을 고급으로 인식하는 건 단순히 음식 맛이 훌륭해서만은 아니다. 음식도 음식이지만 서비스와 청결과 안전이 일정한 기준으로 뒷받침되어 있기 때문이다. 호텔 식당이라면 이 정도 수준의 맛은 되어야 한다는 스탠더드라는 게 있듯이, 위생과 서비스와 인테리어에 있어서도 기본적으로 갖춰야 하는 스탠더드가 있다. 힐튼은 힐튼의 스탠더드가 있고 하얏트는 하얏트의 스탠더드가 있는 것처럼 그 브랜드만의 고유한 기준이 있다. 그곳에 찾아가서 음식을 먹거나 서비스를 이용하는 고객들은 그 기준들이 지켜져 있을 것을 믿고 이용하며, 그중에서도 자기가 특별히 더 선호하는 스탠더드를 갖춘 곳을 선택해서 이용하게 된다.

그런 기준이 호텔 식당이 아닌 호텔 밖의 모든 일반 식당들에도 적용될 수 있어야 한다고 생각한다. 오히려 호텔보다 더 훌륭한 스탠더드를 가진 식당들이 많아져야 한다. 더 맛있으면서도 더 깨끗하고 더 안전한 식당들이.

이는 우리나라 식당들의 생존을 위해서도 반드시 필요한 일이다. 이러한 의식이 갖춰지지 않는 한 한식의 세계화는 오히려 역효과를 부를 수도 있다. 지금 우리나라의 일반적인 식당들의 현실이 외국에 알려지면 오히려 마이너스 점수를 받을 수도 있으니까.

서울이라는 도시가 매력적인 국제도시가 될수록, 외국인 관광객이 지금보다 더 많이 들어오고 그들의 소비 활동이 활발해지고 쇼핑과 관광과 비즈니스가 활성화될수록, 그리하여 도쿄나 상하이나 홍콩처럼 아시아의 랜드마크 역할을 하는 도시로 발전할수록, 사람들의 먹고 마시는 문화에도 필연적으로 큰 변화가 올 것이다. 해외의 셰프들이 한국으로 들어오고 외국의 유명한 레스토랑들이 서울로 들어오면서 파격적이고 새로운 레스토랑 문화들도 함께 유입될 것이다. 사람들이 굳이 고급 호텔 레스토랑에 갈 필요를 못 느낄 정도로 좋은 식당들이 많아지고 그 여파로 오히려 호텔의 F&B 사업은 축소될 정도로 음식 문화도 달라질 것이다. 그렇기에 우리나라 식당들이 새로운 환경에서 살아남고 꼭 가볼 만한 곳이라는 인식을 전 세계 사람들에게 심어주기 위해서는 우리 스스로가 변화하고 개선하지 않으면 안 된다.

폼 잡다 놓치는 것들

먹는 것과 성욕은 사람의 본성이다. 더구나 먹는 것은 생명에 관계된다.
선현들은 먹을 것 바치는 자를 천하게 여겼지만, 그것은 먹는 것만 탐하고
자기의 이익을 추구하는 자를 비난한 것이지,
어찌 먹지도 말고 말하지도 말라고 한 것이겠는가.
_허균

말린 딸기를 얇게 썰어 만든 크렘블레, '티아마리아'라는 럼주 베이스의 커피 리큐르를 시럽처럼 부어 얹은 티아마리아 카푸치노, 날마다 손수 만드는 색색가지 수제 마카롱, 절인 사과로 만든 애플 타르트, 갖가지 수플레, 일본에서 직접 골라 공수해온 본차이나 찻잔과 은 스푼, 생화로 장식한 실내 인테리어와 디저트 만드는 모습을 훤히 볼 수 있는 오픈키친.

2006년도에 모 여대 앞에 작게 차렸던 르 베Le Verre라는 오뜨 디저트, 즉 고급 디저트 카페다. 요즘에는 디저트 카페가 많이 생겼지만 당시 우리나라엔 디저트 카페의 개념이 거의 없었다. 그래서 한

243

일간지에서는 '한국 최초의 수플레 전문점'이라며 한 면을 할애해 기사를 실어준 적도 있다. 길거리에서 광고지 나눠주는 일도 내 손으로 직접 하고 그동안 일했던 외국 레스토랑에서의 경험을 살려 메뉴에도 제법 공을 들였다. 차와 디저트를 묶은 세트를 7천 원대라는 부담스럽지 않은 가격으로 책정했다. 예쁜 카페와 디저트를 좋아하는 여성들 사이에서 입소문이 나면서 일부러 찾아오는 손님들도 있었다.

그러나 한국에서 생소했던 고급 디저트를 먹으러 오는 여성 손님들이 주말에는 좀 있어도 평일에는 많지 않았다. 그리고 이건 미처 예상하지 못했던 일인데, 은제 스푼이나 찻잔 받침, 설탕통 같은 값나가는 집기들을 슬쩍슬쩍 집어가는 손님들이 꽤 있었다. 없어진 집기들이 확 티가 날 정도였다. 그렇다고 손님들 가방을 일일이 감시할 수도 없는 노릇이라 속으로만 끙끙 앓았다.

한국에 돌아오자마자 있는 돈 탈탈 털어 오픈했던 이 가게는 결국 6개월 만에 문을 닫았다. 주변에선 '좋긴 좋은데 너무 앞서갔다'는 평들을 했다. 그로부터 몇 년이 지난 요즘, 다양한 종류의 고급 디저트 카페가 여기저기에서 인기를 끌고 있다는 소식을 듣고 예전에 내가 차렸던 그 카페가 문득 떠올랐다. 사람들이 했던 얘기처럼 내 디저트 카페는 '너무 앞서갔던' 것일지도 모른다. 그건 곧 내가 당시의 한국 트렌드를 정확히 짚어내지 못했다는 뜻이기도 할 것이다.

영국 어디어디에서 요리를 했다는 이력과 방송에서의 이미지만으로 나를 평가하거나 별 어려움 없이 승승장구했을 거라 짐작하는 이들이 있다. 그러나 한국에 돌아와 모든 걸 원점부터 다시 시작하던 시기부터 지금에 이르기까지 말 못할 어려움과 실패를 적잖이 경험했다. 조그마한 디저트 카페를 차렸다가 접은 것 정도는 그동안 겪은 수많은 좌절에 비하면 아무것도 아니다.

　레스토랑의 셰프라는 게, 혹은 근사한 레스토랑을 운영한다는 게 굉장히 '폼 나는' 일인 줄 아는 사람들이 많다. 그러나 현실은 꼭 그렇진 않다. 자신의 주관을 담은 요리를 만드는 일도 어렵거니와, 그런 요리를 선보이는 식당을 열어 운영하는 것 또한 쉬운 일은 아니다.
　한국에 돌아와서 초창기에는 레스토랑을 차리자는 제안, 혹은 투자하겠다는 제안을 여기저기서 많이 받았다. 호텔에서 총괄 셰프로서 운영을 하기도 했다. 하지만 레스토랑에 대한 인식과 역사가 외국과는 많이 다르다 보니 뭔가가 순탄하게 진행되지 못할 때가 더 많았다. 겉으로는 총괄 셰프이지만 계약직으로 고용된 상태였다가 계약 관계가 꼬여 부당한 대우를 받은 적도 있고, 레스토랑 설비를 열심히 해놓았더니 이제 당신은 필요 없다는 얘길 듣기도 하고, 레스토랑 운영이나 메뉴에 대한 컨설팅을 부탁 받았지만 컨설턴트 자리는 허울이었을 뿐 정작 내 의견은 별로 반영되지 않은 적도 있었다. 누굴 만나 어떤 일을 하든 늘 예상치 못한 상황이 생기기 일쑤였다. 때로는 내 생각과 한국의 현실이 많이 달라 부딪치기도 하고, 때로는 자신의 이익을 위해 상대방을 이용하려는 이들을 만나 상처를 받기도 했다.

미슐랭 쓰리스타 레스토랑에서 일을 했던 요리사라는 이유로, 나 하나만 주방에 데려다 놓으면 외국 수준의 레스토랑을 운영할 수 있을 거라 여기는 이들도 있었다. 그러나 파인다이닝 레스토랑을 운영하는 데 필요한 건 음식을 만들 줄 아는 요리사가 다가 아니라는 걸 사람들은 선뜻 이해하지 못했다. 요리사도 요리사지만 홀에서 파인다이닝 서비스를 할 줄 아는 전문 인력들도 있어야 하고, 그만한 수준의 인테리어를 해야 하며, 그런 음식을 서비스할 수 있는 전문적인 주방 설비를 갖추는 일도 중요하다. 제이미 올리버나 고든 램지의 레스토랑들만 해도 주방 설비에만 4~5억 원을, 그런 설비를 갖춘 레스토랑 오픈에만 수십 억 원을 들였다. 우리나라의 일반적인 프랜차이즈 제과점이나 카페 체인점 차리는 비용 정도로 되는 일은 아니라는 뜻이다.

그리고 돈보다 중요한 건 개념이다. 파인다이닝에 대한 개념이 거의 없다시피 했던 한국의 현실에서, 레스토랑이 갖춰야 할 다양한 여건이 무엇인지에 대해 사람들을 납득시키는 것은 쉬운 일이 아니었다. 이러한 현실을 받아들이기까지 나 자신도 많은 시행착오를 겪고 이런저런 쓴맛들을 봤다.

레스토랑을 운영할 때 데리고 있던 요리사들에 대해서도 나는 그들이 좀 더 요리사로서 프로 의식을 갖길 원했다. 하지만 나로서는 도저히 이해할 수 없는 일들도 적잖이 겪었다. 그중 하나가 요리사들이 '먹는' 음식에 대한 문제다.

어떤 음식을 만들어서 손님에게 팔고자 한다면 그 음식을 만들고 파는 사람들 스스로가 자기 음식에 대해 충분히 설득이 되어 있어야 한다는 게 내 생각이다. 자기가 만드는 음식에 대한 이해와 관심이 남달라야 하고 혀끝의 미각과 코와 온몸이 오로지 그 음식에 집중되고 충분히 녹아 있어야 한다. 원래 먹던 주식보다 그 음식을 더 많이 먹어보고 더 많이 생각하고 더 완벽하게 이해한 다음에 만들어야 정말로 그 음식을 만든 요리사라고 할 수 있으리라.

그때 운영한 레스토랑은 서양 요리를 파는 레스토랑이라 요리사들이 만드는 것도 당연히 서양 음식이었다. 그런데 정작 본인들이 식사 시간에 주로 먹는 건 라면이나 짬뽕, 김치나 고추장이었다. 방금 전에 짜장면 먹고 김치찌개 먹었으면서, 주방에 와서 맛의 민감한 부분까지 살려서 서양 음식을 만들 수 있다고 생각했던 걸까? 매운 고추장을 먹은 혀로 서양 요리의 간을 제대로 볼 수 있다고 생각한 걸까?

보다 못해 주방에서 '한식 금지령'을 내려보기도 했다. 한식을 잘 만들려면 한식을 많이 먹어봐야 하는 것처럼, 서양 요리를 만드는 요리사로 일하려면 서양 요리를 먹어야 한다고. 서양 요리는 한국 사람이 어릴 때부터 먹어본 음식이 아니기 때문에 적어도 요리사가 되어 그 음식을 만드는 일을 계속 할 거라면 지금부터라도 자기가 만드는 음식을 많이 먹어봐야 그 요리를 잘할 수 있다고. 그러니 최소한 주방에서만큼은 된장, 고추장은 먹지 말고 주방에서 김치 냄새 풍기는 일만은 없게 하라고 했다. 쉬는 날에는 먹고 싶은 걸 먹을지언정 주방에서 일하는 날만큼은 가려 먹으라고 했다.

이를 설득하기가 생각보다 정말 어려웠다. 여기저기서 불평불만이 터져나왔다. 심지어 몰래 반찬을 싸갖고 와서 주방 냉장고 안의 식재료 옆에 같이 넣어놓고 요리사들끼리 매운 비빔국수 같은 걸 간식으로 만들어 먹기도 했다. 나로서는 그들이 이해가 되지 않았고, 그들에게 나는 듣기 싫은 소리를 하는 잔소리꾼처럼 비춰졌을 것이다.

그 음식을 먹을 줄도 모르고 즐기지도 않는 사람이 그 음식을 만들어 판다는 게 말이 될까? 요리사 스스로가 설득이 안 되는 음식을 만들어 손님을 설득시키려 하는 것이 가당키나 할까? 소주를 파는 사람은 소주를 좋아해야 하고, 와인을 파는 사람은 와인을 좋아해야 하는 게 당연하다. 짬뽕을 좋아한다면 짬뽕을 만들어 팔아야지 좋아하지도 않는 스파게티를 만들어 팔기는 어렵다. 스스로 설득되지 못하고 스스로 이해하지 못하면서 남이 가르쳐준 레시피를 기계적으로 흉내 내어 음식을 만드는 건 아예 요리라고 할 수도 없다. 그건 요리가 아닌 흉내 내기일 뿐이고, 생산직 근로자가 만들어낸 기계 부품과 다를 것이 없다.

정작 본인이 끼니마다 먹지 않으면 안 될 정도로 좋아하는 음식은 김치와 고추장과 짬뽕이면서, 굳이 서양 요리를 하는 레스토랑의 요리사가 되려는 이유는 뭐였을까? 멋있으니까? 기왕이면 서양 요리를 하는 '셰프'가 되는 게 그럴듯해 보이니까? 그래야 '폼'이 나니까?

요리사는 자기가 만드는 음식을 이해해야 한다. 그리고 식당을 운영하는 사람은 자기가 운영하는 식당이 어떤 의미를 가지는지를 이해해야 한다. 레스토랑을 오픈하고 운영하는 것도, 그런 레스토랑의 요리사가 되는 것도, 겉으로 보이는 것처럼 마냥 근사하고 폼 나는 일은 아니다.

서양 요리를 하는 요리사가 되려면 서양 요리를 좋아할 뿐만 아니라 그 요리의 맛과 역사를 이해하려는 마인드가 있어야 한다. 마찬가지로 돈만 있다고 해서 레스토랑을 차릴 수 있는 게 아니다. 레스토랑이라는 존재가 그 사회의 문화와 관련이 있음을 알고 그에 대한 진정성을 가진 사람들이 운영을 하거나 파트너십으로 참여해야 정말 좋은 레스토랑을 차릴 수 있고 운영할 수 있고 정착시킬 수 있을 것이다.

이러한 마인드가 바탕이 되지 않는 한 좋은 요리사가 배출되기도 어려울 것이고, 좋은 레스토랑들이 차려져 라이프스타일로 자리매김하기도 어려울 것이다. 그건 마치 허우대만 멀쩡하게 급히 세워 올린 건물이나 마찬가지다. 자재도 부실하고 중간 과정들을 다 생략한 채 얼렁뚱땅 세운 건물이라면 머지않아 삐걱거리고 기울어가다가 언젠가는 반드시 무너져 내린다.

스타 셰프가 되고 싶다고?

굶주림은 날카로운 가시보다 디 예민하다.

_헬더

"뭐? 겨우 별 세 개짜리에 있었다고? 별 일곱 개짜리도 아니고? 야, 그냥 가라고 그래."

굳이 목소리를 낮추려는 기색도 없었다. 크지 않은 사무실 안에서 그의 말소리가 그대로 내 귀에 들려왔다.

때는 2007년. 외국 생활을 접고 우리나라로 돌아온 지 얼마 안됐을 때였다. 영국 어디에서 일했던 요리사라는 소문이 퍼지자 언론의 인터뷰 요청이 종종 오곤 했다. 그날도 어떤 기자의 연락으로 모 언론사 음식 전문기자를 만나 인사도 하고 새로운 요리 코너에 관해 논의할 예정이었다. 그런데 '미슐랭 쓰리스타 레스토랑에 있었던 셰프'라는 소개를 전해 듣자 그는 대뜸 저렇게 대꾸했다. 중간에서 나를 소개해준 기자는 내 쪽을 흘끔거리며 난처한 표정을 지었다.

별이 7개가 아니고 겨우 3개인데 그게 뭐 별거냐. 이 한 마디에 바로 감이 왔다. '아, 한국에서 요리사로 산다는 건 결코 쉽지 않겠구나.'

당시 우리나라에서 '미슐랭 스타'가 뭔지 아는 이는 거의 없었다. 파인다이닝에 대한 개념도 거의 없었다. 다만 '7성급 호텔 레스토랑'이 있다는 얘긴 어디서 들어서, 그 별하고 이 별하고 똑같은 줄 알고 '별 7개'를 떠올렸을 것이다. 졸지에 나는 '겨우 별 3개짜리' 출신의 '별 볼 일 없는' 놈이 됐다.

몇 년 뒤 나는 〈마스터 셰프 코리아〉의 진행자이자 심사위원이 되었다. 그 사이에 방송가에서는 소위 '스타 셰프'들이 이런저런 프로그램의 단골손님이 되었다. 맛집 프로그램에 열광하던 대중들이 이제는 하얀 요리사 복장을 갖추고 카메라 앞에서 신기한 요리들을 뚝딱 만들어내는 '훈남 셰프'들에 열광했다.

직업으로서의 요리사에 대한 관심도 높아졌다. 언젠가 학생들을 대상으로 한 대규모 강연을 하게 되었는데, 요리사가 되려면 어떻게 해야 하느냐는 질문들을 꽤 받았다.

더 많은 젊은이들이 요리사를 꿈꾼다는 건 물론 좋은 일이다. 요리사라는 게 얼마나 힘든 직업인지 알기에 아무한테나 권하지는 않겠지만, 요리에 열정을 품은 사람들이 많아지는 것이 반갑지 않을 리 없다. 그런데 가끔도 아니고 너무 자주, 이런 질문을 받는다.

"스타 셰프가 되려면 어떻게 해야 돼요?"

그럴 때면 도대체 무슨 답변을 해줘야 할지 모르겠다. 도대체 스타 셰프가 뭔가 싶어서다. 대답 대신 이렇게 되묻고 싶다.

"당신이 되고 싶은 게 정확히 뭐죠? 요리사인가요, 연예인인가요?"

솔직히 말해 난 아직까지 스타 셰프라는 말 자체가 어색하다. 그 말을 접할 때마다 어쩐지 손발이 오그라드는 기분도 들고 등줄기에서 식은땀이 나기도 한다.

스타 셰프라는 게 정확히 뭘 뜻하는 걸까? 방송에 나오는 요리사? 유명한 요리사? 요리를 잘하는 요리사? 굳이 이해하자면 외국의 '셀러브리티(celebrity : 유명인사) 셰프'의 개념이겠다. 영국의 고든 램지나 제이미 올리버처럼 방송 출연을 하고, 자신의 간판 프로그램이 있고, 그 사람 자체가 하나의 캐릭터가 된 요리사. 우리말로 표현하면 '연예인 셰프' 또는 '방송을 하는 요리사'다. 스타 셰프라는 표현과 개념 자체는 콩글리시에 가깝다.

그렇다면 '셰프'란 뭘까? 직역하면 요리사 또는 주방장이겠지만, 일식이든 중식이든 프렌치든 자기 분야에서 개가를 올린 요리사를 의미한다. 그렇기 때문에 아무한테나 붙여주는 호칭은 아니다. 나도 어디 가서 나를 소개해야 할 때 절대 내 입으로 "강레오 셰프입니다"라고 말하지 않는다. "요리사 강레오입니다"라고 말할 뿐이다.

'셰프'는 존칭을 담은 말이기도 하다. 성인 남성에게 '미스터'를 붙여서 부르듯이 셰프 자체에 이미 존칭의 뜻이 들어 있다. 그래서 '누구누구 셰프 님' 하면서 '님'을 붙이는 것도 사실은 '님 님'처럼 중복되는 말이나 마찬가지다.

설령 '셀러브리티 셰프'라 해도 무조건 다 존경할 만한 요리사라는 뜻은 아닐 것이다. 유명한 가수 중에도 가창력과 음악성이 뛰어난 사람이 있는 반면 대중적 동경의 대상인 '스타'로 떴다가 지는 사람이 있듯이, 요리사도 마찬가지다. 직업이 요리사인 사람들 가운데 '방송도 하는' 사람이 있을 뿐, 방송에 출연한 요리사가 방송에 출연하지 않는 요리사보다 더 뛰어나리라는 보장은 없다.

이런 의미를 알고 나서 요즘의 스타 셰프에 대한 트렌드를 다시 들여다본다면 마냥 웃을 수만은 없다. 좀 과격하게 표현한다면, 개나 소나 다 셰프고 개나 소나 다 스타 셰프냐는 오해를 받아도 할 말이 없다.

처음 질문으로 되돌아가, '어떻게 하면 스타 셰프가 될 수 있느

냐'고? 난 이렇게 대답해주겠다. 그런 건 존재하지 않는다고. 요리
사가 되고 싶다면 열심히 요리를 공부하면 된다고. 그러니 스타 셰
프가 될 수 있는 방법은 나도 모른다고. 당신이 정말 되고 싶은 게
셰프가 아닌 스타라면, 차라리 당장 요리를 때려치우고 다른 길을
알아보라고. 그게 더 빠를 거라고.

2012년에 시작한 〈마스터 셰프 코리아〉도 어언 세 번째 시즌이
끝났다. 그 사이에 이런저런 방송 프로그램과 광고에도 얼굴을 내
비치게 되었지만 스스로 생각하기에 나는 방송 체질은 아니다. 얼
마 전까지만 해도 카메라 앞에 서는 게 힘들고 불편했다. 그리고
두려웠다. 혹시라도 분위기에 휩쓸려 실없는 소리를 할까 봐, 흥에
겨워 실수라도 할까 봐, 하지 말아야 할 말을 할까 봐.
　요리사가 방송에 나와서 그 사회의 음식 문화에 긍정적인 변화
를 이끌어내는 건 좋은 일이라고 생각한다. 요리에 매력을 느낀 사
람들이 요리에 더 관심을 갖게 되고, 그 결과 그 나라 음식 문화가
더 발전하는 걸 보여준 선례가 영국을 비롯한 외국의 다양한 요리
프로그램과 셀러브리티 셰프들이다. 그중에는 자기 캐릭터를 대
중적으로 잘 어필한 사람들도 있고 성격상 방송에 능숙한 사람들
도 있다. 요즘 다양한 방송에 출연하는 우리나라 요리사들도 마찬
가지다. 말을 잘하는 사람도 있고, 예능감이 좋은 사람도 있고, 개
성 있는 캐릭터로 어필하는 사람도 있고, 훈남 외모로 인기를 끄는

사람도 있다.

안타깝게도 내 경우엔 그중 어디에도 속하지 않는다. 언변이 뛰어난 것도 아니고, 예능감도 제로고, 남을 웃게 하는 재주도 없다. 연기나 개그, 예능적 리액션에는 별다른 재능이 없는지라 어떤 방송에 나가든 요리사로서 짚어줄 수 있는 부분만 짚어주고 요리 지식이나 팁을 주는 역할을 할 뿐이다. 이런 점이 알려지고 나자 이제는 제작진 측에서도 내가 못하는 부분에 대해선 감안을 해주는 편이다.

한때 의사가 방송 패널로 많이 나오는 시기가 있었고, 변호사가 많이 나오는 시기가 있었다. 특정 분야 전문가들이 게스트나 패널로 유행처럼 소모되는 시기가 있는데, 요즘은 요리사를 필요로 하는 시기가 된 것 같다. 요리사이면서, 그 프로그램에서 원하는 캐릭터를 갖고 있거나 방송이 원하는 모습을 보여줄 수 있는 사람들. 하지만 여러 전문직 패널들이 유행처럼 등장했다 사라지듯이 지금의 스타 셰프 트렌드도 자칫 잘못하면 거품이 될 수도 있다는 생각이 든다. 아직까지는 음식에 대한, 잘 먹는 것에 대한, 요리에 대한, 맛에 대한 진지한 시각보다는 그동안 못 본 신기한 음식, 새로운 조리법, 그런 요리를 선보이는 '멋진 사람'에 대한 대중적 호기심이 더 큰 것 같아서다. 다양한 캐릭터의 요리사들을 통해 그런 기대치를 충족시키고 있는 것이고.

그런데 캐릭터라는 건, 그리고 이미지라는 건 언젠가는 소모되기 마련이다. 젊고 잘생겼다는 이유로 출연했다면 언젠가는 그보다 더 젊고 잘생긴 누군가에 의해 대체될 것이고, 예능감이 좋아서 출연했다면 그보다 더 예능감이 좋은 누군가에 의해 언제든 갈아치워질 수 있다. 나 역시 어떤 프로그램에 출연 요청을 받은 이유가 단지 '젊고 훈남이라서'였다면, 조만간 나보다 더 젊고 멋있는 누군가에게 자리를 내줬을 것이다. 그게 방송의 생리다. 내 입장에선 내가 하던 일을 누군가에게 쉽게 내줄 자리였다면 처음부터 하지 않았을 것이다. 지금도 그런 일은 하고 싶지 않다는 것이, 방송에 대한 나름의 소신이다.

소위 스타 셰프에 대한 막연한 동경에는 좋은 면만 있는 건 아니다. 단순히 스타가 되는 게 목적이라면 요리사로서는 답이 없다. 요리사가 되고 싶다면 요리에 대한 열정과 절실함, 그리고 초심 외에 다른 건 아무것도 중요하지 않다.

아무리 요리 서바이벌 프로그램의 우승자 혹은 상위권 진출자라 할지라도 그것으로 모든 걸 마스터한 사람이 아니라 아직은 배울 게 많은 아마추어 요리사들이다. 요리에 대한 초심을 잃어버린 채 방송 출연으로 사람들이 얼굴 알아봐주고 관심 가져주는 데에만 도취된다면, 방송 출연의 유명세를 이용하고자 한다면, 중심을 잃고 뜬구름 잡으며 소위 '연예인 병'에 걸린다면, 진정 훌륭한 요리사가 되기는 어려울 것이다. 어차피 시즌1 출연자들은 시즌2가 되면 잊히고, 시즌2 출연자들은 시즌3이 나오면 잊히게 마련이다. 심지어 공영방송이 아닌 케이블방송이다. 그 채널을 즐겨 보는 일부 젊은 시청자층 말고는 아는 사람보다 모르는 사람이 더 많다.

만약 현업 요리사인데 방송에 출연해서 그 유명세를 이용해 가게 매출을 올리려는 목적을 갖고 있다면 생각과 현실은 다를 수 있다. 어떤 음식점의 요리사가 대중적으로 유명해지고 나면 그 가게는 장사가 잘될 수도 있지만 오히려 안 될 수도 있다. 초반에는 요리사 얼굴 보러 온 손님들 때문에 일시적으로 매출이 오를지 모르지만, 그가 가게를 지키지 못하는 날이 많아지면 손님들의 발길도 언제든 끊어질 수 있다. 음식점이라는 건 요리사 얼굴이 매력 있어서가 아니라 음식이 매력 있어서 가는 곳이니까.

인기라는 건 잠깐이다. 그리고 인기에는 그만한 대가가 있다. 감당할 능력이 안 된다면 오히려 독이 될 수도 있다. 정말 중요한 건 자신이 원하는 게 뭐냐 하는 점이다. 방송인이 되고 싶은가, 좋은 요리사가 되고 싶은가?

🍳

사람들이 내 얼굴을 알아보거나 사인을 해달라고 하거나 사진을 찍자고 하면 어색하고 멋쩍어서 식은땀이 난다. 내가 누군가에게 사인을 해줄 만한 사람이라고 생각해본 적이 없는지라 굳이 사인이라 할 만한 것도 만들어놓질 않았고, 왜 같이 사진을 찍어야 하는지도 사실은 잘 모르겠다.

그리고 방송에서 했던 말이나 행동에 실수가 없었는지를 늘 되돌아본다. 말수가 많은 편이 아닌데도 불구하고 '내가 왜 그런 말을 했지?' 하면서 혼자 자책할 때도 있다. 그럴 때면 예전에 처음으로 했던 방송을 떠올려본다. 별 7개짜리가 아닌 '겨우 별 3개짜리' 출신의 '별 볼 일 없는' 젊은 요리사였던 그때, 전국 각지의 한식과 반가음식을 탐방하며 우리 고유의 식재료를 가지고 새로운 음식을 만들어보는 〈더 셰프〉라는 프로그램을 했었다. 원래는 어느 잡지의 한 코너였는데 그 잡지의 모회사 케이블방송에서 연락이 와서 PD와 방송 카메라도 같이 따라붙으며 시작되었다.

그때 즐거웠던 건 방송 출연이 아니라 우리나라의 반가음식을 발로 뛰며 보고 배울 수 있다는 점이었다. 한식을 배우고자 귀국했던 내 의지와도 부합했고 촬영 내내 배운 게 참 많았다. 그때 인연을 맺었던 전통음식 전문가나 단골집 요리사 들은 내 평생의 좋은 스승이 되었다.

방송이어서 좋았던 딱 한 가지 이유는, 개인으로 찾아다니며 문을 두드리는 것보다는 촬영팀의 일원으로 갔을 때 훨씬 흔쾌히 보여주고 알려주고 많은 정보를 주셨기 때문이다. 그래서 내게는 더 큰 배움의 기회가 되었다. 어쩌면 나는 내 공부를 위해 방송을 그렇게 이용했던 것인지도 모른다. 애초에 방송 출연이 목적이었던 것이 아니라, 내가 하고 싶은 일을 하는 과정에서 그 시기에 나를 필요로 하는 사람들을 자연스럽게 만났고 우연하게도 그것이 방송이라는 매체였을 뿐이다.

요리를 요리로서 진심으로 좋아한다면 그 밖의 것들은 자연스럽게 따라온다. 뭐든 자기 분야에서 열심히 하는 사람이라면 언젠가 세상이 그를 필요로 하는 시기가 왔을 때 새로운 기회가 온다. 그것이 인기든, 돈이든, 운이든.

스타 셰프의 시대? 나쁠 것 없다. 더 다양한 요리 프로그램이 생기고 더 다양한 분야의 실력파 요리사들이 등장해서 우리 음식 문화를 발전시키고 사람들의 라이프스타일을 변화시키는 데 도움이 될 수 있다면 말이다.

가벼운 재미만 추구하는 것이 아니라 요리의 역사나 맛에 대한 깊은 지식도 안내해줄 수 있는 더욱 세련된 요리 프로그램과 요리사들이 많아졌으면 한다. 그것이 진정한 스타 셰프의 역할이 아닐까? 그런 환경에서 나 또한 소모되는 캐릭터가 아닌 요리사로서 작은 역할을 할 수 있길 바랄 뿐이다.

땅과 농사, 원래의 내 자리로

임금은 백성을 하늘로 생각하고, 백성은 먹을 것을 하늘로 생각한다
王者以民人爲天, 而民人以食爲天.
_ 역이기

가끔씩 강변북로를 타고 가노라면 어린 시절 추억들이 떠오르곤 한다. 우리 집과 논밭은 아파트 단지가 들어서는 바람에 온데간데없어졌지만, 어릴 적 한강 상류에서 물장구 치고 놀던 기억은 지금도 생생하다.

우리 집안은 대대로 경기도 남양주에서 논밭을 크게 일궜다. 쌀과 보리, 밀 등의 곡식을 키워 쌀가게에서 팔았고 무, 배추, 깻잎, 시금치 같은 채소들과 참외도 키웠다. 작은 할아버지 댁 과수원에서는 먹골배를 재배했다. 안마당과 바깥마당에는 스무 개가 넘는 장독들이 각각 있었는데 그 장독들 관리를 할머니가 다 하셨다. 때

261

가 되면 대대로 전해 내려오는 방식으로 술도 담그고 엿도 고아 만들었다.

가축도 소와 돼지, 닭이 있었고 작은 할아버지 댁에서는 젖소와 염소도 길렀다. 할머니는 갓 짜낸 신선한 염소젖을 살짝 데워 소금을 타서 주시곤 했다. 마당에 돌아다니는 닭들이 날마다 알을 낳았고, 젖소의 우유는 빙그레 공장에 납품했다. 그걸로 아이스크림도 만들고 바나나우유도 만든다고 했다. 집에서 돼지 잡고 소 잡는 광경도 흔히 보고 자랐다. 이마 쪽에 정을 대고 세게 쳐서 소가 쓰러지면 곧바로 큰 칼로 배를 가르고 내장부터 꺼내는 모습이 어린 내겐 특별한 구경거리였다. 열아홉에 호텔 정육 파트에서 온갖 종류의 고기를 다뤘던 것도 사실은 생소한 일이 아니었다. 그때 이미, 나보다 훨씬 경력 많은 선배들만큼이나 빠른 시간 안에 닭을 해체할 수 있었다. 그러고 보면 나의 공식적인 첫 직업은 요리사가 아니라 '쇠백정'이었다 해도 과언이 아닐 것이다.

♙

서양의 음식 문화에서는 '스타 셰프'는 '스타 파머'와 형제여야 한다는 개념이 있을 정도로 어느 농장의 작물을 식재료로 썼느냐를 중요시한다. 유명한 셰프들은 저마다 자기 요리의 재료를 특정 농장에서 받아다 쓴다. 어느 농장, 혹은 어느 지역에서 생산된 재료를 썼는지를 메뉴판에도 명기한다. 스코틀랜드의 연어, 브레스의 치킨, 북아일랜드의 가리비, 프랑스 랑드의 푸아그라, 이탈리아 알바의 송로버섯, 도버 해협에서 잡히는 생선인 도버솔 등등 특정 지역의 대명사처럼 불리는 유명한 식재료들이 있는데, 어느 지방에서 가져온 식자재를 썼느냐를 명기하는 '식자재 이력제'는 레스토랑의 자부심과도 직결되는 부분이다. 유럽도 일본도 유기농 농장과 레스토랑이 떼려야 뗄 수 없는 긴밀한 관계를 맺고 있고, 이것이 일반인들의 음식 문화와도 연계되어 있다.

식재료가 달라지면 요리가 달라진다. 이건 요리사나 레스토랑만의 문제가 아니라 그 나라에 사는 모든 사람들의 먹고사는 문제이기도 하다. 누구든 좋은 재료를 선별하는 안목이 생길수록 음식에 대해 깊이 있게 알아갈 수 있다. 언제 어디서 어떻게 구한 것이 좋은 재료인지를 누구나 알 필요가 있다.

좋은 요리를 하고자 하는 요리사라면 더더욱, 그 재료가 태어나고 길러진 땅부터 알아야 한다. 이 땅이 밭을 하기 적합한지 논을 하기 적합한지 흙만 봐도 알 수 있어야 하고, 그곳에서 농사를 지을 때 강수량과 연평균 기온은 어떤지, 태풍이 왔을 땐 어떨지를 따질 수 있어야 하고, 파종법도 기본적으로 알아야 하며, 그 작물이 어떤 온도와 습도와 영양 성분을 가진 생태 환경에서 얼마만큼의 기간을 거쳐 성장하며 언제 최적의 맛을 내는 식재료가 되는지를 직접 확인할 수 있어야 한다.

그리고 이렇게 정성 들여 키워낸 재료가 접시에 담기기까지의 스토리가 자신의 요리에 녹아 있어야 한다. 이 모든 과정을 설명할 수 없는 요리사라면, 생전 땅도 안 파본 요리사라면, 궁극의 좋은 요리를 하는 데에 한계가 있을 것이다.

좋은 식재료란 좋은 환경에서 자연적으로 잘 자란 식재료, 그리고 그 음식에 맞는 재료를 뜻한다. 그 맛을 낼 수 있도록 잘 조리했는지도 중요하지만 그 요리의 맛을 내기에 충분한 재료인지 요리하는 당사자가 아는 것도 중요하다.

예를 들어 당근을 가지고 요리를 할 때, 대개 우리나라 사람들이 선택할 수 있는 건 세척당근과 흙 묻은 당근 정도다. 하지만 어떤 품종을 넣었느냐에 따라 음식 맛이 달라진다는 걸 안다면 요리가 훨씬 다양해진다. 갈비찜에 넣는 당근이라면 커다란 동키캐럿을 썰어 넣는 것보다 베이비캐럿을 통째로 넣으면 식감도 달라지고 색깔도 종류별로 주황색, 흰색, 보라색, 노란색 등 여러 가지라서 시각적으로도 변화를 줄 수 있다. 이렇게 채소 종류를 달리하는 것만으로도 기존의 갈비찜보다 더 재미있는 식감과 색다른 맛을 낼 수 있다. 기교보다 재료가 중요하다고 강조하는 이유다.

감자도 우리나라 토종 감자 이외에 전 세계에서 나는 다양한 품종의 감자를 골라 쓸 수 있다. 예컨대 매시드 포테이토를 만들 때는 보송보송한 아그리아, 튀김이나 자켓 포테이토를 만들 때는 마리스 파이퍼, 크러시드 포테이토를 만들 때는 샬롯 포테이토나 라떼 포테이토가 좋다는 식이다. 한식에도 닭볶음탕이나 감자탕에는 부서지지 않고 국물을 더 잘 흡수할 수 있는 감자, 하는 식으로 조림이냐 찜이냐 찌개냐에 따라 각각의 요리에 맞는 맛과 질감을 가진 감자가 달라진다.

그 밖에도 호박 품종 가운데 땅콩 모양을 한 버터넛 스쿼시는 당도가 높고 색깔도 진해서 수프나 죽을 끓이기에 단호박보다 좋은 재료다. 마늘도 흔히 쓰는 육쪽마늘 외에 다양한 품종이 있다. 일반 마늘보다 두세 배 큰 코끼리마늘을 쓰면 마늘 맛도 더 풍부하면서 얇게 썰어 튀기거나 칩을 만드는 등 색다른 형태의 요리로 응용할 수 있다. 샐러드나 쌈 채소를 먹을 때 쓴맛, 짠맛, 단맛, 신맛, 매운맛을 내는 다양한 식물의 종류와 특징을 두루 안다면 굳이 무거운 드레싱을 끼얹지 않고도 채소 본연의 조화로운 맛을 즐길 수 있다. 또한 채소를 다양하게 활용하기만 해도 보다 다양한 종류의 김치를 만들 수 있다.

그런데 아직까지 우리나라에서는 이러한 다양한 식재료들을 구하기가 쉽지 않다. 유기농 농장과 로컬 푸드 문화가 발달한 외국에 비해 일반인들의 식재료 선택권이 부족한 것이 현실이다.

그래서 나는 다양한 품종의 식재료를 누구나 사다 먹을 수 있도록 유기농 농장을 운영할 계획을 세우고 있다. 우리 집안의 조상들 가운데 조선 초기의 문신인 강희맹 선생이 명나라에서 연꽃 씨를 처음 들여와 이 땅에 보급했던 역사가 있다. 그런 것처럼 그동안 우리가 쉽게 접하지 못했던 다양하고 새로운 외국 품종들을 가져와 널리 보급하는 것 또한 농사의 여러 분야 가운데 가치 있고 필요한 일이라 생각한다. 더욱 전문적인 지식을 쌓기 위해 벤처농업대학에도 다니고 있다. 장차 다품종 식재료를 유기농으로, 대규모로, 그리고 최첨단 방식으로 직접 재배해 브랜드화하고 소비자들이 쉽게 접할 수 있도록 내놓겠다는 계획을 차근차근 실천에 옮기는 중이다. 여기에 이 재료가 어떻게 자랐고 어떤 특성을 가지고 있으며 어떻게 조리해 먹으면 좋은지에 대한 정보도 함께 제공하고자 한다.

식재료 선택권이 다양해진다는 것은 곧 밥상이 풍성해진다는 의미이다. 그래서 이 모든 과정은 건강한 먹거리 문화와 로컬 푸드의 발전뿐만 아니라 한식의 발전과도 무관하지 않다. 식문화가 발전한다는 것은 결국 더 많은 사람들이 더 질 좋은 먹거리들을 접할 수 있는 환경이 된다는 뜻이기 때문이다.

농사는 취미로 할 수 있는 것도 아니고 유행 따라 흉내 내서 할 수 있는 것도 아니다. 농사짓는 집에서 태어나 논밭과 가축을 접하며 자랐기에 농사가 얼마나 중요하고 어려운 일인지를 잘 알고 있다. 서양 요리를 하는 주방에서 가장 철저하게 배운 것도 궁극적으로는 식재료의 중요성이었기에, 내겐 좋은 식재료를 재배하는 것과 좋은 요리를 하는 것이 별개의 일이 아니다. 때문에 유기농 농장을 세워 농사꾼이 될 준비를 하는 건 특별한 계획이랄 것도 없는, 내가 언젠가는 당연히 하게 될 일을 하는 것이나 마찬가지다.

내 요리의 기본은 주방에만 있는 것이 아니라 흙에도 있다. 내가 나고 자란 그 땅으로 돌아가 손에 흙 묻히고 채소 하나하나 직접 살피며 지금까지보다 더 배우고 더 알아갈 때, 남들이 불러주는 셰프라는 타이틀과 상관없이 평생 요리를 하는 한 사람으로서 스스로 더 업그레이드하는 시간을 가질 수 있으리라 생각한다.

날, 자꾸만 무너지는 나를 위해

초판 1쇄 인쇄 2015년 6월 5일 초판 1쇄 발행 2015년 6월 12일

지은이 강레오 펴낸이 연준혁

멀티콘텐츠사업분사 분사장 정은선
출판기획 오유미 배윤영 콘텐츠비즈니스 이화진
디지털콘텐츠 전효원 이러닝기획 김수명 송미진
디자인 이세호 제작 이재승

펴낸곳 (주)위즈덤하우스 출판등록 2000년 5월 23일 제13-1071호
주소 (410-380) 경기도 고양시 일산동구 정발산로 43-20 센트럴프라자 6층
전화 031)936-4000 팩스 031)936-3891 홈페이지 www.wisdomhouse.co.kr
종이 월드페이퍼 인쇄·제본 (주)현문 후가공 이지앤비

값 13,000원 ISBN 978-89-5913-932-3 03810

이 도서의 국립중앙도서관 출판예정도서목록(CIP)은 서지정보유통지원시스템 홈페이지
(http://seoji.nl.go.kr)와 국가자료공동목록시스템(http://www.nl.go.kr/kolisnet)에서 이용하
실 수 있습니다.(CIP제어번호: CIP2015014926)